Ud af skyggen

Af Nils Nielsen 2012

Forlag: Books on Demand GmbH, København, Danmark
Tryk: Books on Demand GmbH, Norderstedt, Tyskland
ISBN 978-87-7114-997-5

2.del

1. kapitel

Frostblomsterne på vinduet trak deres hvide tråde over hele den nederste række på de småsprossede ruder. Der var nye i dag. Aldrig var de helt ens, og ikke en eneste dag var der den samme kombination.
Den iskolde januar vind, sneen og varmen indefra fik det hele til at fryse, blive tildækket og smelte på en ny måde-hver dag.

Rasmus havde pakket det sidste, og alt var klart. Den sidste nat i lejligheden på Nørrebro, og så kom adressen til at lyde på Frederiksberg i stedet. Første februar skulle markere en ny start for både ham, Marie og deres mor.

Moren havde brugt alle hendes talenter og forbindelser, og det var lykkedes til sidst- at springe over køen på boligkontoret, og få den næste ledige lejlighed på Frederiksbergs Allé. Tænk, at der, var der ikke én eneste i hele opgangen på overførselsindkomst. I boligkomplekset på Nørrebro var 240 af 280 lejligheder beboet af samfundets nederste lag. Alligevel kunne Rasmus mærke et vist vemod ved at forlade stedet.

Julen havde lignet vinteren. Fra den ene yderlighed til den anden. Ekstasen over kvalifikationen fra gruppespillet i Champions League fik stadig alle de små hår i nakken til at rejse sig på ham, når ham tænkte på den aften. I den anden ende af skalaen lå Pias tårevædede afrejse til New York. Hendes ophold der, var på ingen måde tidsbegrænset, og Rasmus havde svært ved at ignorere den enorme tomhed, som hun efterlod. Det hul hun borede i hans hjerte den dag i lufthavnen, da hun steg på flyveren uden at se sig tilbage.

Marie havde været præmenstruel en hel måned i træk, og det var næsten ikke til at holde ud længere, men hvad værre var, så havde han ikke fået talt med Jens. Han svarede ikke på opkald og sms´er, så alt hvad han vidste, var, at Jens var tilbage i AJAX efter en ferie hjemme hos sine forældre. Selv det vidste han kun fra et interview i BT. Langt ude, at et lille sekund kan betyde så meget. Han savnede Jens. Bare kontakten til en, der forstod og kendte ham, var alt bøvlet værd. Han savnede Pia så meget, at han hver aften måtte kæmpe en kamp for at falde i søvn. Men mest af alt savnede han ro. Ro til at tænke og bare arbejde på at blive dygtigere.

Rasmus fjernede den hånd, han havde haft på ruden, og der var et helt klart billede af den blandt alle iskrystallerne. Lange fingre, tynde, men åbenbart varme, for al isen var smeltet.

Det var sengetid. For sidste gang i det her hul. Bare han nu kunne få lukket øjnene, så træningen i morgen kunne vise fremgang. Et sidste blik på det nu nøgne og gamle slidte tapet, og aftegningerne efter hylder og møbler fik ham til at lukke øjnene med en vis form for forventning. En forventning om noget bedre.

- Mor. Hvor skal den her hen?

Marie råbte fra entréen. Hun kom baksende med en stor kasse, hvor der med store fede bogstaver stod ”STUE” på. De havde fået det meste op allerede, men der manglede stadig det store tunge spisebord i eg, morens klædeskab, og bordpladen til sofabordet. Hvorfor den absolut skulle være i marmor, fattede Rasmus ikke. Han måtte lige sunde sig efter at have slæbt den sidste køkkenkasse op. Det var som om, at han mistede pusten alt for hurtigt. Sådan havde det også været til træning den sidste uge, og det gjorde ham lidt urolig. Nå, det kunne han ikke tænke på nu. De store ting kom ikke op på 1.sal af sig selv. Godt, at de ikke skulle helt op på tredje igen, som da de skulle ned. Og endnu bedre, at moren havde fået en af hendes kolleger fra hotellet til at komme og hjælpe. Han var stor som et hus, og kunne tage fra. Det havde ikke været til at bære, hvis han havde skullet få de to piger til at forstå, hvordan de skulle bære samtidig med, at han skulle slæbe hele vægten. Med Arne ved hånden ville det gå let og smertefrit. Heldigvis.

Det rodede overalt. Bare det at finde skeer til morgenmaden, blev pludselig et problem. Rasmus havde løbetøjet på. De stramme nye løbebukser med reflekser, og den sorte flis trøje. Der skulle findes en ny rute. Den skulle passe med distancen til morgenløbeturen, og helst skulle den også være uden alt for mange biler på vejene. Han måtte prøve sig lidt frem. Det var ikke lige lysten, der drev ham frem, men han skulle af sted. Der var kun 14 dage til Champions League kampen mod Bayern Munchen, og han ville bare med. Det var langt fra sikkert, da han ikke havde startet godt efter jul. Han havde svært ved at følge med i træningerne, og så var der kun én ting at gøre- arbejde hårdere.

Den kolde luft skar lidt i lungerne i starten, men som altid blev det langsomt bedre. Benene føltes gode, lette og hurtige. Det kunne være, at det vendte til det bedre i dag. Han satte farten lidt op, bare for at teste hele systemet. Med det samme blev vægten af benene nærmest fordoblet, og han satte farten ned igen. Pis. Der var noget galt. Men ikke noget, som vilje ikke ville kunne rode bod på, og han ville med til Champions League kampene. Han måtte bare kæmpe videre.

Jens stod på sin altan og kiggede ud over kanalerne. De lavere tage på den anden side af vandet så flotte ud med deres hvide glasur. Sneen dalede stille ned og dæmpede lyden af alting. Et par dybe indåndinger gjorde godt, og han mærkede nattens urolige tanker forsvinde med hvert åndedrag. Det skulle nok gå det hele.

Ja, det hele. Pengene, han skyldte væk. Måske kunne han vinde dem tilbage i dag. Det var vel det hele. Han havde spillet alle træningskampene, og de fleste fra start. Scoringerne var kommet, som de skulle, så han så frem til, at turneringen startede igen i weekenden. Det ville blive vildt fedt igen at se sit navn i avisen for noget andet end det, der skete før jul.

Faktisk havde klubben taget det pænt. Det var selvfølgelig dumt, at han var stukket af fra Parken den katastrofale dag. De havde tabt til FCK og var blevet degraderet til Europa League i stedet for at skulle spille der, hvor de helt store penge var. Ja, han havde fået en bøde, og hans far havde fået et opkald fra hans træner, men det var nu mest på grund af det røde kort, og ikke så meget, at han var kørt derfra. De var åbenbart vant til, at spillerne reagerede, når alting ikke lige kørte efter deres hoved. Bøden var betalt, og nu var alt fokus rettet på at vinde ligaen, og nå langt i Europa League.

Det var koldt, og Jens trak indenfor. Nespresso maskinen, han havde fået af moren i julegave, kunne lave de bedste cappuccinoer, og han var ved at blive helt forfalden til dem. De kvikkede op, og han havde brug for en skarp hjerne. Han kunne lige nå at tjekke, hvilke kampe, der kunne spilles på i dag, inden han skulle til træning.

Det var vanvittigt koldt, men Jens frøs ikke. Den ene gang efter den anden brød han igennem forsvaret, og fik skabt chancer. Han spillede på kanten i den sidste lille interne dyst, inden turneringen gik i gang. Det kørte bare. Det ville blive en fin sæson, og han kunne mærke, at de andre troede på ham. At træneren troede på ham. Nu skulle der bare sparkes nogle mål ind.

Jens havde set en del til en af de andre angribere i truppen, Arjen. Arjen var stjernen på holdet, og der gik altid rygter om, at han var på vej væk fra klubben. Jens var dog ikke så sikker. Han virkede alt for glad for sit liv i Amsterdam. En flot villa, ingen forpligtelser, og en masse sjov på alle måder. Der skete altid vilde og spændende ting, når han var på besøg hos Arjen. Der var ikke noget, som den mand ikke kunne klare. Måske for første gang havde Jens fundet en, som han virkelig så op til. Lige meget hvad han havde lavet dagen før, var han altid klar til træning næste morgen, og han var stort set altid den bedste. Jens mærkede et lille stik af forventning. De skulle mødes til middag i villaen om aftenen, og han havde lært, at Arjen stort set aldrig inviterede til rent herreselskab.

Det sneede kraftigt, da Jens kom ned til sin bil. Den var helt dækket til, men den automatiske varmeregulering i de helt nye modeller fra Mercedes gjorde deres nytte sådanne dage. Det eneste problem var tiden. Hvordan skulle han nå derud til tiden i sådan et vejr?

Ganske som Jens havde forestillet sig, sneglede han sig af sted inde i byen, selvom der næsten ingen trafik var. Den eneste trøst var, at der som regel blev sneryddet hurtigt på de større veje ud til omegnskommunerne, hvor Arjen boede. Jens trykkede lidt på speederen, og vinterdækkene reagerede som de skulle, og han fik lidt mere fart på. Han var dog stadig sent på den, og rakte hånden over mod mobiltelefonen, der hang i sin opkobling ved siden af rattet.

Pludselig blev han blændet af et skarpt lys. Det kom hurtigt nærmere, og Jens mærkede et voldsomt tryk, da han blev ramt af en vildfaren modkørende, der var gledet hele vejen over i hans vejbane.

Lyden af bøjet metal og sprængt glas er altid ubehagelig, men denne gang fyldte den Jens med rædsel et kort øjeblik. Efter et par runder, hvor bilen snurrede rundt på den glatte vej, gik det dog op for ham, at han ville slippe uskadt. Tysk kvalitet fornægtede sig ikke, og den dyre bil med alt den moderne sikkerhed gjorde, hvad den skulle. Den beskyttede ham mod kollisionen udefra. Airbags og den stærke ramme, bilen var bygget på, holdt ham stort set skadesfri.

Da bilen endelig holdt op med at glide, efter hvad Jens opfattede som en rutsjetur på flere minutter, forsøgte han at komme ud. Han måtte hellere få fat i den anden chauffør, så de kunne udveksle forsikringsoplysninger.

Det sneede stadig voldsomt, og Jens gik tilbage mod den anden bil. Den så noget mere medtaget ud end hans. Det røg fra den, og der kom skrig inde fra den sammentrykkede bunke metal, der en gang var en Toyota. Det lød som børn. Der var ikke nogen andre biler lige i nærheden. Alle andre havde nok haft omløb nok i hjernen til at blive indenfor i det vejr.

Jens løb tilbage til sin bil og fik fat i sin mobiltelefon. På vej tilbage mod den anden bil fik han ringet efter hjælp. Han var overrasket over, hvor rolig hans stemme lød, selvom han kunne mærke sit hjerte helt oppe i halsen. Han var nødt til at kigge ind i den anden bil. Se, om der var noget, han kunne gøre- om der var sket noget alvorligt.

Der lød gråd inde fra bilen. Det var tydeligt i stilheden. Hvorfor kom der ingen biler, når man havde brug for dem? Vinduerne var tilduggede, men Jens kunne se omridset af en skikkelse på førersædet. Et langhåret, mørkhåret hoved lænede sig mod ruden, der havde slået sprækker uden at gå i stykker. Føreren bevægede sig ikke. Gråden kom fra et barnesæde på sædet ved siden af førersædet.

Jens forsøgte at åbne døren, men det var umuligt. Han måtte over på den anden side. Han mærkede panikken komme, og han forsøgte at klare hjernen, mens han bevægede sig mod vinden over til passagersiden af bilen. Rasmus´ rolige ansigt dukkede af en eller anden årsag op i hans bevidsthed og det var som om, at vennen talte til ham.

Han fik åbnet døren og det lille barn så uskadt ud. Det tudede, og Jens forsøgte at sige noget på hollandsk. Mest bare for at berolige barnet. At dømme på størrelsen af det lille menneske, kunne han næppe få noget svar. Nu var småbørn ikke Jens´ spidskompetence, men mere end to år var barnet ikke.

Det, som Jens formodede, var barnet mor, vågnede ved hans stemme. Hun stønnede sagte, og Jens kunne se panikken komme rullende i hendes øjne, da det gik op for hende, hvad der var sket.

Jens spurgte om hendes navn, men hun rullede bare med øjnene, og lignede en, der ville besvime igen, da hun forsøgte at svare. Der kom kun underlige stønnende lyde ud af hendes mund. Jens var i vildrede. Hvor blev ambulancen af? Han ringede igen, og fik den samme dame på centralen. Hun sagde, at der var hjælp på vej, og at han bare skulle blive, hvor han var, og samtidig prøve at holde damen vågen.

Jens kæmpede, i hvad han følte som timer, med at holde barnet stille, og samtidig holde damen vågen. Hun begyndte at kunne meddele nogle ting, men hun var bange. Jens kunne se, at hendes ben var klemt fast, men da han prøvede at få dem fri, besvimede hun næsten igen.

Elena, hed hun. Eller det var, hvad Jens fik ud af hendes lidt snøvlende ord. Barnet hed Vanja. De var på vej hjem, efter hun havde hentet Vanja hos hendes eks-mand. Og nu det her. Hun kunne ikke holde tårerne tilbage, men Jens var egentlig godt tilfreds. Så længe hun græd, ville hun holde sig vågen.

Endelig så han noget, der mindede om blå blink i det fjerne. Der var hjælp på vej.

Redderne fik skåret bildøren op, så kvinden kunne komme ud, og heldigvis kunne hun næsten selv rejse sig. Jens var lettet. Han var bange for, at benene ville vende helt forkert, når de kom til syne. De så næsten normale ud, bortset fra, at de blødte og at tøjet var flænset. Vanja havde tilbragt redningsmanøvren på hans arm, og hun var helt holdt op med at græde.

Hans Mercedes var, uden Jens havde opdaget det, blevet trukket ind til siden. Det var faktisk først, da en redder kom hen til ham, at han opdagede, at der var blod på hans tøj. De ville have ham med i ambulancen for at tilse ham der, og politiet ville komme på hospitalet for at få hans forklaring.

Jens frøs, og tænkte, at det nok var det bedste at tage med. Han måtte ringe til Arjen og aflyse, når han kom frem til hospitalet. Elena så på ham, da han trådte ind i ambulancen og satte sig. Hun havde fået iltmaske på, men hendes øjne talte til ham. Der var noget i dem, som han ikke kendte, og han så en taknemmelighed, som han måske nok syntes, var en smule overdrevet. Han havde jo ikke gjort noget.

Det var kun et par overfladiske skrammer, som Jens kunne prale af at have fået med fra dagens flirt med en modkørende. Arjen svarede ikke sin telefon, men Jens lagde besked om, at han ikke kunne nå frem grundet uheldet. Så måtte han tage balladen til træning og lytte til, hvor sjovt det havde været. Underligt nok, var han egentlig ikke så ked af at gå glip af festen. Han var mere interesseret i at vide, hvordan det gik med de to i den anden bil.

Han spurgte efter dem, men i det samme kom der to snedækkede politimænd ind ad døren. De skulle tage hans vidneudsagn om ulykken, og Jens svarede så godt, han kunne. De forklarede ham, hvad han skulle gøre omkring forsikring og afhentning af bilen, og så var de væk igen. De så ud som om, at de var lige så overbebyrdede med arbejde, som de danske lovhåndhævere.

Jens prøvede endnu en gang at spørge en sygeplejerske om, hvor de to fra bilen var henne. Nu fortrød han sin manglende flittighed i timerne, hvor det var meningen, han skulle lære hollandsk. Klubben havde hyret en speciallærer til alle de udenlandske spillere, og Jens havde haft timer med ham et halvt år.

Efter mange forsøg lykkedes det ham endelig at snige et stuenummer ud af fruen, og han gik i krig med at lokalisere rummet.

Han vidste ikke hvorfor, men han kunne mærke, at det var vigtigt for ham at se, at de var ok, inden han forlod stedet.

Hun var alene på stuen, da han kom ind, og den lille pige lå i sengen ved siden af hende. Pigen sov, og han kunne slet ikke genkende det grådkvalte ansigt igen. Det var utroligt, som hun lignede sin mor.

Elena takkede ham mange gange for hjælpen og undskyldte mindst lige så mange gange. Jens forsøgte at berolige hende en smule omkring skyldspørgsmålet, og han mente, at det var sådan noget her, forsikringer var til for. Hun havde et sødt smil, men hun så meget træt ud. Jens sagde, at han ville kigge forbi dagen efter og få hendes forsikringsoplysninger. Så skulle han nok klare det praktiske. Hun så lettet ud, men han gav hende alligevel sit telefonnummer- bare for en sikkerheds skyld. Hun sov allerede, inden han havde nået døren. Han kunne godt nå forbi dagen efter, inden de skulle møde til kamp. Helt sikkert. Det skulle han bare.

2. kapitel

Jens var frisk som aldrig før. Et lynbad, og en hurtig kop kaffe fra den smarte maskine, og han var på vej. Uden bil ville det tage lidt tid at komme til anlægget, og han skulle jo lige forbi hospitalet først. Han smilede for sig selv. Der lå en lille legetøjsbutik på vejen derhen.

Han fandt en lille sød bamse, lyserød selvfølgelig. Nu havde han jo fundet ud af, at det var en pige, og så gjorde det ikke noget at vise det, selvom det måske var lidt corny. Hvorfor, vidste han ikke, men han glædede sig til at give gaven. På vej op til stuen i elevatoren kom han i tanke om, at han helt havde glemt sit morgenritual. Ingen væddemål. Han havde simpelthen glemt alt om, at hans månedsløn allerede var væk på at dække sidste måneds gæld.

Jens kom tidligt til kampen. Glad og super motiveret gik han fløjtende over parkeringspladsen. Måske var det fordi, hans tanker stadig kredsede om hans lille morgenvækning af Elena og Vanja, at han først noterede sig den trykkede stemning, da han nåede omklædningsrummet. Han havde lovet at kigge forbi hospitalet igen om aftenen efter kampen.

Ingen sagde noget, og da Jens spurgte efter Arjen, kiggede de bare mærkeligt på ham. Han ville jo lige undskylde for hans udeblivelse dagen før.

Da træneren kom ind, fik han endelig sat ord på, hvad der var galt. Arjen var blevet arresteret natten før. Politiet havde fundet nogle stoffer på ham, da de var blevet kaldt ud af naboerne. Arjen var her til morgen blevet suspenderet uden løn af klubben, mens han afventede en retssag.

Ingen sagde noget. Jens mærkede kvalmen. Han kunne have været der, da politiet kom. Hvad ville hans far have sagt? Kokain. Han havde godt set, at Arjen og nogle af de andre gæster lavede et eller andet en gang i mellem, når der havde været fest, men han havde ikke vidst præcis, hvad det var, og havde valgt ikke at spørge. Nu vidste han det, og var glad for, at han ærligt kunne sige, at han ikke kendte noget til den slags. Hold kæft, hvor havde det været et heldigt uheld.

Han glædede sig til at se Elena igen. Hun havde et eller andet, som gjorde ham nysgerrig- og Vanja var så sød. Men kampen, hvad med kampen?

Uden Arjen var der ikke meget fylde fremme hos AJAX. Jens havde nogle gode gennembrud på kanten, men den nye angriber kom hele tiden for sent ind i boksen. Jens havde råbt af ham et par gange, prøvet at hjælpe, men det var jo ikke juniorbold, det her. Nu måtte han komme i gang.

AZ lå nummer tre i rækken og stod meget lavt på banen. De var tydeligvis ganske tilfredse med ét point. Jens fik bolden midt i anden halvleg. Hans første berøring sendte bolden perfekt ned ad linjen og han sprintede efter. Tacklingen kom glidende, men han nåede bolden først og gled af selvom han blev ramt på benene af forsvareren. Han drev bolden ned mod feltet, hvor en stopper havde vendt sig og kom ud mod ham. Han så tung ud. Jens driblede tæt på ham, og lavede en finte i sidste sekund, og fangede forsvareren på det forkerte ben. Han stod nærmest stille, da Jens fortsatte ind i feltet. Målmanden kom i fuld fart ud mod ham, men Jens var hurtigt fremme ved bolden, og uden at tænke, skød han direkte ud af et løbeskridt. Alle var overraskede, da bolden stille og roligt trillede mellem målmandens ben og ind i det tomme mål. Et rigtigt angriber mål.

Jens fejrede scoringen med tilskuerne, og løb så stærkt derud, at der gik lang tid før holdkammeraterne fangede ham. Sikke en dag.

Jens gad ikke vente på elevatoren. Han løb op ad trapperne til tredje sal, hvor stuen var. Han var fuld af energi. Gad ikke tænke over Arjen nu, gad ikke tænke over penge nu. Den her kamp skulle fejres, om det så skulle være på en hospitalsgang.

Elena sad op i sengen, da han kom. Vanja sad med bamsen, han havde givet hende tidligere. De havde gode nyheder. Lægen havde sagt, at hun kunne komme hjem næste dag, dog med krykker. En hjernerystelse og en kraftig forstuvning af begge ankler var hun sluppet med.

Det viste sig, at hun havde set kampen på TV, og Jens var overrasket over, hvor meget hun vidste om sporten. Hun nævnte også historien med Arjen. Der var ingen tvivl om, hvad hun mente om den slags, så Jens undlod at komme ind på, at det lige så godt kunne have været ham, der havde været på forsiden af aviserne. Det lille stik af ubehag forsvandt dog hurtigt, og tiden fløj alt for hurtigt af sted. Besøgstiden var slut, og Jens var en smule desperat. Han spurgte på gebrokkent hollandsk, om han skulle komme og hente dem dagen efter? Efter træning? Hendes bil var jo totalskadet, og Jens´ på værksted. Det var nok lettere at være to, hvis de skulle bære alle hendes ting og Vanja i bussen. Hun kiggede lidt underfundigt på ham, men sagde ja tak til tilbuddet.

Jens var lykkelig. Hun var fantastisk. Stammede vist fra Rusland, men havde boet hele hendes opvækst i Amsterdam. Det var han ligeglad med. Hun havde givet ham en krammer, da han gik, og det var nok. Hendes duft sad i ham, selvom det er sjældent, at et hospitalsbesøg forbedrer ens odør, så var han alligevel voldsomt bjergtaget. Han måtte snakke med nogen, ellers overlevede han ikke indtil dagen efter, hvor de skulle ses igen.

Telefonen startede de voldsomme toner fra "Jump", og Rasmus vidste, at et længe ventet opkald var på vej. Det var tonen, han havde kodet sammen med Jens´ nummer. Han smilede, selvom der ikke var så pokkers meget at smile af for tiden.

Faktisk gik det af helvede til. Han fightede, alt hvad han kunne. Kunne hele tiden se, hvad han skulle gøre, men magtede det ikke. Selvom han sagde til sig selv, at han bare skulle blive ved, så blev det sværere og sværere at holde modet oppe. Han kunne ikke give op, men han var ikke blevet udtaget til den sidste træningskamp inden Champions League kampen mod Bayern. Det var ikke gode tegn. Hans mismod blev ikke bedre, da han mærkede feberheden komme og gå i omklædningsrummet. Træneren havde spurgt, om der var noget galt, men han havde svaret undvigende. Han skulle ikke være syg nu, eller komme med undskyldninger. Der skulle bare kæmpes videre.

- Hej Rasmus. Længe siden. Hvordan går det?

Jens´ stemme lød glad og frisk.

- Hej Jens. Jo tak, fint. Og dig?

Allerede da Rasmus havde udtalt de første ord, vidste han hvilken slags samtale det blev. Den gode gamle slags, hvor han kunne fortælle alt om, hvordan Jens havde det bagefter, og hvis nogen spurgte Jens, hvordan han havde det, ville han kunne svare, "fint".

Rasmus lyttede med et halvt øre. Hans tanker var andre steder, men alligevel var det rart at høre Jens´ stemme. Han ævlede om et uheld, scoringer og væddemål, alt muligt i en stor blanding. Det var ikke til at finde hoved og hale i, men han fik det faktisk lidt bedre bare af at lytte. Utroligt, at han slet ikke nævnte, at han ikke havde svaret på en eneste besked, en eneste mail eller SMS siden før jul, og så talte han bare som om, at de var venner som altid.

Savnet af hans bedste ven var en af de mange ting, der var gemt af vejen inde bag panseret for Rasmus, så han sagde heller ikke noget om det. Uanset, om man var såret eller ej, skulle man jo ikke brokke sig, når gode ting skete. Og uanset hvordan man vendte og drejede alting, uanset hvad hans søster tænkte om Jens efter deres brud, så savnede han sin absolut bedste ven, og med alt det Jens fortalte, var det vist gengældt.

Det glødede i øret på Rasmus. Pludselig spurgte Jens til hans mor og søster.

- Jo, Rie er stadig i gang med handelsskolen, og slutter jo ligesom mig til sommer. Heldige svin. Du behøver ikke spilde din tid på eksaminer med de penge, du tjener.

Pludselig fik Jens´ stemme en anden tone. Mere afmålt, men han sagde, at Rasmus skulle hilse dem begge to. Både Rie og hans mor, hvis de altså ville have hans hilsen.

Telefonen var dårligt blevet kold efter opkaldet fra Holland, før den ringede igen. Det var "Why Worry" med Dire Straits, der drønede ud af højtalerne. Hvad ville hans træner nu? Om Rasmus var klar til kamp alligevel i morgen? Selvfølgelig var han klar. En gratis chance skal man aldrig sige nej til. Han takkede for opkaldet, og smilede for sig selv. Nu skulle han vise dem, at de skulle vælge ham. Sidste chance, og han ville gøre alt for at være klar.

Hjemme på værelset forsøgte Rasmus at genskabe lidt af samtalen med Jens. Hvad var det han havde sagt? Han havde haft et uheld med bilen. Det undrede ikke Rasmus, sådan som Jens kørte. Nå, resten skulle han nok få fortalt flere gange, hvis han kendte Jens ret, og det gjorde han.

Hverken Rie eller moren havde været specielt glade for hans hilsen, men i det mindste spurgte de ikke om, hvordan Jens havde det. Det ville for én gangs skyld have været svært at svare på for Rasmus, og så fik han faktisk lidt dårlig samvittighed. Han kunne ikke være bekendt ikke at lytte ordentligt, når nogen fortalte ham noget. Det ville han forsøge at undgå næste gang. Ja, det var det, han måtte love sig selv.

De mange armstrækkere, mavebøjninger og rygbøjninger, der altid skulle laves før sengetid, lavede jo ikke sig selv, så han måtte i gang. Han kæmpede sig igennem, drevet af billedet i baghovedet fra kampen mod AJAX. Han ville spille Champions League igen. Han ville gøre alt, også selvom kræfterne ikke var helt, som de skulle være lige nu.

Der var ingen tvivl om, at han havde feber. Han havde svedt i løbet af natten, så meget, at hans sengetøj var helt gennemblødt. Han var nødt til at skifte det, og snuppe nogle piller, så moren ikke fattede mistanke. Han gad ikke have diskussionen med hende, om han kunne komme af sted eller ej.

Det havde regnet hele dagen, og Rasmus havde ikke opdaget det. Ham og Jens havde spillet i haven, og først da de var helt gennemkolde og mudrede, var de gået ind.

Hans mor var tosset på dem. Både over den ødelagte græsplæne, deres snavsede tøj, og de store skjolder på gulvtæppet, som de havde lavet.

Der blev ringet efter Jens´ mor, og han blev selv sendt i bad, og derefter på hans værelse.

Næste morgen havde Rasmus både feber og snottet næse. Han hostede også, men moren ville ikke høre tale om, at han ikke tog i skole. Når man kunne spille fodbold hele dagen, kunne man også komme i skole.

Rasmus havde kæmpet sig gennem timerne indtil frokost, men så kunne han ikke mere. Han var så dårlig, at han kastede op midt i matematiktimen. Hans lærer ville ringe efter hans mor, men Rasmus bad ham grædende om at lade være. Om de ikke kunne ringe til hans far?

Da Rasmus lå med 40 i feber, og hev efter vejret den aften, hørte han noget, som han ellers aldrig hørte: Hans far og mor, der skændtes. Det var ikke rart og slet ikke, når han vidste, at det var hans skyld. Han måtte tænke sig bedre om.

3. kapitel

- Kan vi lige få noget ro. Selvom det er en træningskamp, skal I altså holde fokus. Der er kun en uge til, at det går løs for alvor.

Trænerens stemme kaldte til samling på taktikmødet. Rasmus havde fyldt sig med piller, og kunne næsten stå op uden hjælp. Huden prikkede og han kunne mærke, at hjertet bankede alt for hurtigt. Han skulle starte inde. Den vanlige glæde ved det, kom ikke i dag. Han måtte tage sig sammen. Nu.

Gæsterne fra Brønshøj spillede i den næstbedste række, så det var forventet, at FCK ville dominere, og det gjorde de. Faktisk fra kampens start stod det klart, at der var langt mere fart i benene hos FCK. Det ville da også være underligt andet, når Brønshøj havde en hel måned før deres turnering startede.

Rasmus følte sig mere og mere skidt tilpas. Han holdt sig tilbage, og dækkede de huller, som de andre efterlod, når de angreb. Ind imellem spillede han en bold i dybden, og han overlevede minut efter minut.

Kort før pausen fik Brønshøj en kontra, og Rasmus sprintede ud mod bolden, der trillede fremad helt ude ved sidelinjen for at takle, så holdet kunne komme på plads. Mens han løb mærkede han, at det sortnede for øjnene. Han blinkede, men det sortnede igen med det samme. Han måtte sætte farten ned, men det hjalp ikke. Han kunne ikke få luft. Uden alt ville det, mærkede han pludseligt kunstgræsset i ansigtet.

Der stod i løbet af ingen tid et hav af mennesker omkring ham. Måske var det de mange eksempler på spillere, der faldt om på banen med skjulte hjertefejl, der fik alle til at reagere. Rasmus skyndte sig at sige, at han var ok, da han slog øjnene op. Han prøvede at rejse sig, men med det samme sortnede det igen for øjnene. Han fik støtte, mens han kæmpede sig ud af banen.

Først da lægen bekymret begyndte at undersøge ham inde i omklædningsrummet i pausen, blev Rasmus en smule nervøs. Var der noget galt med ham for alvor?

Lægen undersøgte alt muligt, og sendte ham hjem med nogle piller.

- Ned under dynen min ven. Det er sikkert bare influenza. Jeg ringer senere, hvis blodprøverne viser noget, som vi skal tale om. Og bare rolig. Dit tikkeværk virker helt fint. Vi finder ud af, hvad problemet er.

Rasmus fik hans cykel med i taxien, og kunne ikke vente med at komme hjem. Han var stadig nervøs, for han følte det ikke som influenza.

Moren skældte heldigvis ikke ud, da han slæbte sig op ad trappen. Rie var ikke hjemme, så der var ro. Han trængte bare til at sove.
Måske kunne han stadig nå at blive rask i tide. Måske var det ikke så slemt det hele. Det havde jo ikke været en katastrofe med kampen, i hvert fald ikke indtil han faldt om. Det gøs i ham ved tanken. Hvad helvede var det også for noget?

Oppe på værelset tændte Rasmus for computeren. Der var kommet en mail fra Pia. Helt som han havde regnet med, blev der længere og længere imellem, at hun skrev, og hans mismod voksede, mens hans læste.

Hun havde det godt, rigtig godt, for godt. Der var nogle links til et sted på nettet. Facebook. Rasmus var en klovn til den slags, men lige inden han lukkede øjnene, lovede han sig selv, at han ville tjekke linket. Om ikke andet så for at finde ud af, hvordan det gik med hende, der var hans 18-årige livs store kærlighed.

Jens var forpustet, men ikke træt. Hele historien med Arjen havde givet ham mere ansvar, men han nød det. Arjen var et fjols. Ikke et fjols, fordi han levede, som han gjorde, men fordi han blev opdaget i at have lavet ulovligheder. AJAX havde taget konsekvensen, og fyret ham på stedet. De ville ikke kobles sammen med stoffer, også selvom der bare var tale om lidt selskabskokain. Det var simpelthen dårligt for forretningen.

Den Bosch lå helt i bunden af rækken, så alle regnede med tre point- også Jens- selvom det var på udebane. Men uden holdets topscorer skulle spillet lægges lidt om, og det var svært at finde rytmen. Jens spillede helt fremme i stedet for på kanten, som han ellers plejede.

Spillet flød ikke, men Jens arbejdede hårdt, og fik mange bolde. Desværre for tit med ryggen til mål. Som kampen skred frem blev det mere og mere spil til et mål. Jens havde et hav af gange lagt bolden fint tilbage, når han fik den. Helt efter planen. Han var dog ved at være en smule træt af, at han aldrig fik den igen. Denne gang forsøgte han en vending i stedet. Stopperen blev så overrasket, at han slet ikke kom med, da Jens rykkede. Han blev angrebet fra begge sider af to andre forsvarsspillere, men Jens trådte på bolden i samme sekund, som de begge kastede sig ned i glidende tacklinger for at fange ham. De tumlede sammen, mens Jens tog et kort træk til siden, og trillede bolden forbi målmanden helt ude ved stolpen.

Klippet blev vist igen og igen i sportsudsendelserne på tv, mest fordi det var morsomt, men også fordi Jens nu to gange havde reddet tre point til topholdet, og den slags gik ikke ubemærket hen.

Jens var dog mere optaget af noget andet. Elena ville komme hjem hos ham til middag. Der var gået en uge siden uheldet, og de havde talt lidt sammen i telefonen. Vanja var hos eks-manden, så denne aften var fri.

Det var ikke den helt store kulinariske kunnen, Jens besad, men han havde lagt sig i selen. Engelske bøffer, bløde løg, hvide kartofler, bearnaisesauce, en fin rødvin, og en frisk salat. Og til dessert? Ja, Jens kunne forestille sig alt muligt, men han havde købt noget is, blot for det tilfælde, at aftenen udviklede sig anderledes, end den altid gjorde i hans tanker.

Elenas mørke hår var sat op i en knold, og det fremhævede hendes fine russiske træk. Hun var tynd, men langlemmet, helt som man forestillede sig en russisk rytmisk gymnast. Hun havde en kort sort kjole på under vinterjakken, og på ryggen var der en dyb udskæring, som blot understregede hendes aristokratiske look.

Jens var vant til smukke kvinder efterhånden, men han var klar over, at hende her var noget specielt, allerede da han talte med hende første gang. Det gippede i ham, da hun smilende vendte sig om efter at have hængt jakken på knagen i gangen. De perfekte hvide tænder lyste op i rummet, og han fik et knus. Ja, det var der, de var kommet til. Knus.

Jens havde gjort sig umage med maden, så han glædede sig til hendes reaktion. Det var tæt på en total katastrofe. Sovsen kunne hun ikke tåle, og hun spiste ikke rødt kød. Rødvin drak hun ikke, og løg var kun noget, hun kunne spise i den rå form. Jens var en smule rystet, mens hun nippede til sine kartofler, og drak sit vand. Han mistede helt appetitten. Det var jo forfærdeligt, han ville så gerne gøre et godt indtryk.

Elena forsikrede ham om, at det var helt i orden med maden, og at hun godt vidste, at hun var meget vanskelig på det punkt. Det skyldes dels allergi, og så en masse overbevisninger som gjorde, at der var nogle ting, som hun ikke kunne sætte tænderne i. Og, som hun sagde, var det bedre at være ærlig fra starten i stedet for, at hun lod som om, at der var en masse ting, hun kunne lide, når hun ikke kunne. Dette måtte Jens erklære sig 100 % enig i, og han fandt et smil frem, da hun fortalte, at det var sjældent at møde i en mand.

En mand. Han var vel nærmest en dreng i forhold til hende. Godt nok var hun kun 22 mod hans 19, men hun var allerede mor og fraskilt. De ventede nok ikke så længe med den slags i de russiske kredse.

Jens nød samtalen og glemte snart den katastrofale middag. Hun var simpelthen så spændende at lytte til. Hendes ideer, hendes bløde stemme, og den måde hun slikkede sig om munden på efter hver skefuld is. Ja, det var et hit. Isen.

Det var sent, og de var begge trætte. Jens vidste ikke helt, hvad han skulle gøre, men han fik da sagt, at han virkelig havde nydt aftenen. Han nåede ikke at tale færdig for pludselig ud af det blå, mærkede han Elenas bløde læber mod sine. Hendes lange tynde fingre havde fundet vej ind under hans skjorte. Der var ingen grund til at lede efter ord længere. Aftenen sluttede præcis, som Jens havde håbet på, men der gik flere minutter, før hans overraskelse havde fortaget sig nok til, at han turde lægge armene om hende.

Jens stod uden for farens kontor. Den tunge dør med de små ruder var dækket af et gardin på indersiden, så det var umuligt at se, hvad der foregik udefra.

Han bankede på, som højesteretssagføreren havde lært ham, at man skulle.

- Jaa. Lød det derindefra med farens dybe bas.

- Jens trådte ind og blev stående foran farens skrivebord. Faren havde læsebrillerne på, og han kunne se, at det var karakterbogen, han læste i. Ja, det var måske ikke så godt, som det kunne være. Det var jo første gang i 8.klasse, at de fik karakterer, så det havde været svært at vide, hvor niveauet lå. Ja, Jens´ undskyldninger var mange, men ingen af dem kom over hans læber. Farens mine var ikke til at spøge med, og nok kunne han snøre sin mor, men faren var ikke så let at narre.

- Ja, det bliver jo billigt for mig i karakterpenge.

Faren kiggede på ham over toppen af hans briller.

- 10 i engelsk. Det er da ikke så tosset.

Jens kiggede op fra hans sko med det samme. Faren smilede let, men prøvede at være barsk.

- Det skal blive bedre i naturfagene. Hører du Jens? Sprogligt gymnasium er stadig planen. Du skal læse videre lige meget hvad, men .....
- Gør dig umage med engelsk og tysk. Så må vi se, hvad der sker.

Jens var både lettet og overrasket. Han lærte aldrig at fatte de voksne. Hvad de lagde vægt på og hvorfor? Han ville bare gerne spille fodbold.

Ramus lå på sofaen og havde tændt for den nye fladskærm. Det var træls at ligge der med feber, og Rie var en umulig sygepasser. Faktisk var han overrasket over, at hun overhovedet havde lovet moren at blive hjemme, mens hun havde aftenvagt på hotellet.

Lægen havde fundet en virus, som sad på hans lunger. Det forklarede en del, men Rasmus var stadig skuffet over, at den bare skulle gå væk af sig selv, at man ikke kunne gøre noget.

Pludselig tonede ”We will rock you” med Queen ud af hans telefon. Hvad ville hans gamle træner nu, her kun 15 minutter før kick-of i den første 1/8 finale i Champions League med dansk deltagelse?

- Hej Rasmus. Hvordan har du det?

Det gik pludselig op for Rasmus, hvor meget han savnede ynglingeholdet og hans gamle træner. De gamle holdkammerater havde aldrig fri samtidig med ham, og hans timer på gymnasiet var meget ofte enetimer med dødbideren Johan, klubben havde ansat til at undervise ham i næsten alle fag.

- Jo tak. Det går.

- Jeg skal lige spørge dig om noget. Doc fortalte mig, at du var blevet syg, og at han ikke rigtigt kunne forklare det udover, at det var en virus.

- Ja, det er vist det, han sagde.

Rasmus lyttede nu. Han havde altid en fornemmelse af, at der var noget at hente, når han talte med sin gamle træner. Ham, der havde fået ham i gang sidste år. Ham, der havde givet ham troen på egne evner. Måske var det ikke bare holdkammeraterne, han savnede. Måske var det hele miljøet, hvor han havde stort ansvar, hvor træneren tog del i alt, hvad spillerne lavede. Sådan var det ikke nu.

Pludselig følte Rasmus næsten savnet fysisk, men han lyttede intenst, mens der blev fortalt om overtræning. Om, at det at løbe hver dag, som Rasmus jo startede på dengang, måske ikke var det klogeste, når fodboldtræningen var så hård. Om, at han skulle tænke på, at friske ben i fin form var bedre end ben i super form, der altid var trætte.

Rasmus takkede mange gange for opkaldet, og hans mismod blev erstattet af vrede, da han igen var alene med tv-skærmen. Vrede på ham selv. Hvor dum kan man være? Hans tro på, at man bare kan arbejde sig ud af alting, havde kostet ham en kamp i Champions League. Pis.

Solen skinnede, og Rasmus prøvede igen. Igen og igen. Hentede bolden hundredevis af gange. Han skulle ramme fem i træk, før han kunne gå ind. Solen brændte hans hud, og han mærkede det stak. Han var ved at blive hidsig.

- Kom nu mand. Det var fire. Sidste spark.

Bolden skulle ramme overlæggeren på det mål, som hans far havde sat op i haven. Han skød fra den anden ende af plænen, helt nede ved rosenbedet. Moren ville ikke have, at han skød den anden vej, så han var nødt til at hente bolden hver gang.

Ja, den sad der. Han havde klaret det. Fem gange i træk.

Da han kom ind, ind i skyggen, stod moren klar med den skarpe tunge.

- Solcreme, Rasmus. Har du hørt om det? Det er den værste tid på dagen, det her. Du er altså for stor til at glemme den slags. Kom nu. Du skal lave lektier, og jeg vil ikke høre noget klynk. Heller ikke i nat, når du skal sove.

For en gangs skyld prellede morens skideballe af på Rasmus. Han var stadig for glad for de fem i træk til at tage sig af en lille forbrænding, eller en lille skideballe.

Han satte sig ind til skrivebordet og tog "Læs og forstå for fjerde" frem.

4. kapitel

Fire stile og nogle matematiksæt. Nogle gange var det ikke så tosset at være syg. Der var en masse hængepartier, og Rasmus hadede den slags. Der måtte meget gerne være orden på tingene, og skyldfølelsen hver gang, han ikke havde lavet lektier eller følte, at han skyldte nogen noget, var svær at bære.

Han smilede lidt for sig selv. Det var det sidste, han manglede, og så var han med igen. Eksamen var kun tre måneder væk, og så var han student.

Mens han pakkede tasken til næste dag, hvor han bestemt regnede med at være klar til skole, tænkte han på Pia. Facebook opdateringer havde han fundet ud af, var en fin ting. Ja, han skrev ikke noget selv, men havde lavet en profil, så han kunne læse Pias. Hun havde det godt. Vildt godt, og nød det hele derovre. Det stak lidt, men Rasmus´ hjerte var langsomt ved at hele, og han havde vænnet sig til, at kontakten blev mere og mere overfladisk.

Der var andre vigtigere ting lige nu. Han skulle tilbage på banen, og faktisk følte han sig meget bedre tilpas, end han havde gjort længe. Han var altså ikke så dum, hans gamle træner. Morgenløbeturene var sløjfet i sæsonen. Ingen tvivl. Men aftengymnastikken holdt han fast ved. Det blev han heller ikke så træt af.

En anden vigtig ting var, at han havde besluttet at tage med ynglingene ud til kamp. De skulle spille i Brøndby, sidste træningskamp inden sæsonstart. Det ville blive en kort sæson. Kun én kamp mod hvert hold i rækken på grund af, at turneringen skulle vendes, så den passede med alle de europæiske landes. En kort hurtig sæson som forsvarende mestre.

Rasmus savnede vennerne på holdet. Uanset hvor søde de var på Superligaholdet, var der bare ikke den samme snak i omklædningsrummet. De var gifte mænd, og gamle ungkarle. Ingen boede hjemme hos deres mor. Han var den eneste. Han trængte til at høre Kahns karakteristiske latter, tvillingernes platte jokes og ikke mindst Mustafas jala slang. Jo, han ville tage til Brøndby, selvom der var lidt langt på cykel, og se kampen.

De sidste rester af sne lå op ad murene, men ellers var alt ryddet ved Brøndby Stadion. Rasmus havde altid syntes, at deres anlæg var det bedste sted at komme. Specielt når man skulle spille på bane 2. Det lille stadion, hvor ungdomsholdene i ligaerne og deres damehold spillede hjemme. Man kunne se hele banen fra de store vinduer i klubhuset, og græsset var altid flot grønt, nærmest som en golf green.

Tiden var endnu ikke til kampe på bane 2, så Rasmus traskede langs Idrættens Hus over mod kunstgræsbanerne, der tronede bag parkeringspladserne. Det havde været for meget at gå med i omklædningsrummet, så han havde sagt til Kahn, som havde hentet ham hjemme, at han ville gå ud og se lidt fodbold.

Der var nogle piger, der spillede. At dømme efter mængden af folk på bænken, var det et af de vigtige hold. 3F holdet måske. Var det ikke det, som den bedste damerække hed?

Rasmus kendte ikke meget til damefodbold, men han vidste, at Brøndby var gode. Faktisk havde han det lidt mærkeligt med, at hans egen klub slet ikke havde noget fodbold for piger. Det var jo også sjovt for dem.

Spillet gik ikke så hurtigt inde på banen, men Rasmus var overrasket over, hvor teknisk og taktisk dygtige, pigerne var. Særligt en enkelt sprang i øjnene. Nr. 7 hos Brøndby. En lille hurtig spiller, der havde et flot touch på bolden. Hun var med i meget, og det var tydeligt, at modstanderne var bange for hende. Hele tiden forsøgte de at være to ved hende, lidt ligesom med Jens dengang de var små. Han fik også altid ekstra opmærksomhed fra modstanderne. Ligesom dengang hjalp det dog ikke noget. To mål og to flotte assister fik pigen med den mørke lød bidraget med, inden kampen var slut.

Da hun gik forbi ham efter kampen, sammen med alle de andre, syntes Rasmus pludselig, at hun så meget bekendt ud. Hvor havde han set hende før? Hun smilede til ham og nikkede som hilsen, men stoppede ikke op. Nu blev det pinligt. Hvor kendte han hende fra? Rasmus blev revet ud af sine egne tanker, da endnu én han ikke rigtig kendte kom over til ham og ville snakke. Det skete ofte nu, hvor han var blevet rykket fast op i superligatruppen, og særligt efter hans mål mod AJAX. Det ville Rasmus nok aldrig rigtig blive vant til.

Det var ved at blive koldt, og kampen var helt lige mellem de to bedste ynglingehold i landet. 1-1 og der var ikke lang tid igen. Mustafa og tvillingerne gjorde ondt på Brøndbyholdet, og Kahn tog sig af det meste defensivt, men det var tydeligt, at holdet manglede Jens og Rasmus. De var ikke overlegne og dominerende som vanligt. Brøndby fik i de sidste minutter tilkendt et straffespark, som afslørede, at det var en træningskamp. Det ville aldrig blive dømt i ligaen.

Kahn var på stikkerne, og kastede sig til den rigtige side, og vippede bolden ud til hjørne. En flot redning, der blev kampens sidste aktion. Det var vist udmærket for begge hold.

På vej hjem i bilen kom Rasmus i tanke om, hvor han havde set pigen før. Hun gik i Jens´ gamle klasse på gymnasiet. Nadja, eller sådan noget, hed hun. Ja, sproglig. Det var jo ikke meget, Rasmus var der mere, så det var nok grunden til, at han ikke lige kunne huske hende. Tænk, at hun spillede fodbold. Det anede han faktisk ikke.

Det kunne være, at han skulle tage med til gymnasiefesten på fredag? Det havde han ikke været siden 1.G, og de skulle jo først spille mandag- hvis han altså blev udtaget. Returkampen i Champions League var onsdag, altså om bare tre dage, så Rasmus vidste, at han ikke ville være med der. Han havde jo slet ikke trænet endnu efter sygdommen. Han var ikke en gang skuffet over det længere, det ville ikke give mening, hvis de valgte ham. FCK var blevet slået 4-0 i den første kamp, så chancen for at gå videre var utopisk, men der var point at spille om til ranglisten, og et uafgjort resultat ville sikre de kommende danske mestre en direkte billet til gruppespillet det følgende år. Det var aldrig sket før, så det var bestemt noget at spille for. Særligt når man tænkte på deres 12 points forspring i ligaen.

Rasmus havde trænet godt, og følte sig bedre tilpas end længe, og det stak en smule i maven, da træneren bekræftede, at han ikke var med blandt de udvalgte til Champions League kampen. Et lille plaster på såret var dog, at han var blevet udtaget til U19 landsholdets to kampe mod England måneden efter. Kampene lå på officielle landskampterminer, så Jens var også udtaget. Ellers havde

AJAX nok ikke givet ham fri, sådan som han baskede mål ind i øjeblikket. Rasmus glædede sig over vennens succes, men mest over, at de havde genoptaget forbindelsen. Selv ikke Ries sure miner, der stadig var et fast islæt, når Jens ringede, kunne ødelægge glæden ved at få hans ven tilbage. Hun måtte se at komme videre.

Turen hen til gymnasiet var kort, selv på cykel, men i dag gik den ekstra hurtigt. Rasmus havde besluttet, at han ville se, om han kunne finde hende fra Jens´ gamle klasse, og måske på en eller anden måde finde ud af, om hun skulle med til gymnasiefesten fredag. Det måtte kunne lade sig gøre, uden at det lød som om, at han inviterede hende på date. Hun ville ikke rigtig forlade hans tanker, og siden det med Pia efterhånden var gledet helt ud, var det vel i orden at kigge lidt på andre ting.

De små sommerfugle meldte sig selvfølgelig i maven, da han nærmere sig det klasseværelse, som han mente var 3.y´s. Han kiggede ind, og så med det samme, at hun sad på et bord i ivrig samtale med en anden pige. Rasmus´ plan var ikke helt gennemtænkt, for han vidste faktisk ikke, hvad han skulle gøre nu. Rødmen kom snigende, særligt da de to piger fik øje på ham, og han bare stod der og så dum ud. Hun rejste sig og kom over imod ham.

- Hej Rasmus. Længe siden. Hvordan går det med Jens? Han har jo helt glemt os her på slaveanstalten.

Hendes stemme var lys, meget lys. Huden havde den mørke lød, der overbeviste ham om, at hun næppe hed Nadja. Det lignede mere, at hun stammede fra Indien eller noget i den stil. Der var nok ikke den store mængde Nadja´er der, selvom de var næsten en milliard mennesker.

- Jo, han har det godt, fik Rasmus fremstammet.

- Jeg så dig spille i søndags. Du var god. Jeg ville bare sige det til dig.

- Tak for det, Rasmus. Og du behøver ikke lyde så overrasket.

Rødmen var meget synlig nu. Rasmus kunne have bidt tungen af sig selv. Det havde lydt lidt nedladende, det han havde sagt. Bare hans tonefald. Han måtte prøve at redde den. Der var ingen vej tilbage nu.

- Skal du med til festen på fredag? Jeg tror, at jeg kigger forbi. Det er længe siden, at jeg har været med, og det er jo næsten sidste chance. Jeg kunne forestille mig, at du heller ikke har haft meget tid til den slags.

- Jeg prøver altid at komme. Det er jo ikke det samme som at drikke sig fuld. Går man tidligt hjem, kan man jo sagtens gå ud. Man skal jo også være sammen med sine venner, ik?

Hun drillede ham, kunne han høre, men han var ligeglad.

- Jamen så kan det jo være, at vi ses, sagde Rasmus, mens han forsøgte at organisere et tilbagetog.

- Nadi. Kommer du? Hvis vi skal nå i kantinen, så er det nu.

En pige kaldte på Nadi, og Rasmus var reddet. Nadi, hed hun. Det havde været for pinligt at skulle spørge.

De sad ved middagsbordet. Marie med et lille skadefro smil om munden. Rasmus mærkede sedlen fra læreren brænde i lommen. Han havde ikke fået afleveret den. Hvordan kunne han også glemme at læse? Han havde aldrig fået skrevet hjem før, og han følte sig så flov, at han kunne have kravlet i et mussehul, da læreren havde gået ned gennem klassen og givet ham sedlen. Alle havde kigget på ham, og hans irriterende rødmen- og de havde grinet. Særligt Marie. Og nu gjorde hun det igen.

Hun havde fået skrevet hjem masser af gange, og moren sagde altid, at hun skulle være mere som ham. Dumme tøs. Tre skoleår, og han faldt i. Bare på grund af, at ham og Jens havde hygget sig så meget i haven. Han havde spillet videre på kampene, da han kom ind, og havde helt glemt den kedelige læsebog.

Han kunne mærke tårerne presse på, da han rakte sedlen til sin far. Der var helt stille ved bordet. Selv Marie var stille, og det var ellers lidt af en sjældenhed.

- Nå, det er det, du har grublet over hele dagen, sagde faren uden at vise, hvad han tænkte.

- Tillykke min dreng. Jeg troede næsten ikke, at du var normal.

Han rejste sig og gav den rystende Rasmus et kæmpe kram.

- En gang er sjovt, to er forståeligt, men derefter begynder det at blive en vane, og det er ikke godt. Vel Marie?

Rasmus tørrede hurtigt øjnene og smilede til faren. Det var ikke, hvad han havde forventet. Måtte han virkelig også gerne lave fejl?

Livet var skønt. Jens sad ved computeren med morgenkaffen. Han var i gang med en kort besked til Rasmus. FCK havde fået 1-1 mod Bayern aftenen før, og var ude af Champions League. Det gjorde dog ikke så meget for Jens, men han var stolt af, at et dansk hold nu var sikre på at komme i gruppespillet året efter. Klasse. Høj klasse.

Egentlig ville han bare sige tillykke, selvom Rasmus ikke havde spillet. Det var ikke til at få et ord ud af ham, men han havde da fortalt, at han havde været syg et stykke tid, og han derfor var lidt langt fra holdet. Han skulle nok klare den og kæmpe sig tilbage. Det gjorde Rasmus altid.

Det endte med en længere mail, hvor han også fik fortalt om Elena, om Vanja og en masse om deres spillestil, som han vidste Rasmus altid var nysgerrig på. Han vidste sgu mere om, hvordan de spillede i AJAX, end han selv gjorde. Sikke en nørd. Men en sød nørd.

Jens skulle spille Europa League samme aften. Stimen skulle holdes. De sidste fire kampe havde han scoret i og tre gange det afgørende mål. Det var svært ikke at være glad. Oven i købet havde han vundet 10.000 euro på resultaterne i går. Månedens underskud var reddet. Fantastisk. Han var nødt til at passe mere på med, hvor mange penge han brugte. Han havde ikke fortalt Elena noget om det. Det var hans klare fornemmelse, at hun ikke ville forstå eller bryde sig om hans spillevaner.

Tankerne forlod hurtigt det kedelige emne. Nu var situationen under kontrol igen, og han kunne glemme det. Elena var også meget mere vigtig. De skulle tilbringe weekenden sammen, havde de aftalt. Det var en lige uge, og i lige uger havde eks-manden Vanja. Sjovt nok ville Elena ikke have Vanja med over til ham. Han havde en fornemmelse af hvorfor, men kunne ikke rigtigt gennemskue det. Han synes jo, at hun var en sød lille pige. Han måtte spørge hende om det ved lejlighed. Hvis han turde.

Han sluttede mailen med at skrive, at han glædede sig til Englandskampene. Det gjorde han bestemt også. En lille del af ham forstod ikke helt, at han ikke var udtaget til U21. Det kørte jo bare derudaf, men omvendt ville han faktisk hellere spille på U19. De kunne nå slutrunden. Det var han sikker på, og de kampe mod England var den eneste forberedelse, de fik. Det skulle nok blive sjovt.

Landstræneren havde været på besøg i AJAX et par gange. Måske for at bane vejen for, at han kunne få fri til sommer, hvis de skulle kvalificere sig, hvem ved? Jens havde nydt besøget og chancen for at tale dansk. De havde talt lidt om, hvem der skulle være anfører i denne landskampsæson, og Jens havde tilladt sig at foreslå Rasmus. Ikke fordi, han var hans ven, men fordi han ikke havde de samme problemer med at stille krav til holdkammeraterne, som de fleste andre havde. Rasmus var klog, koldblodig og retfærdig. En perfekt, men stille leder. Og så havde han ikke været med særligt længe på holdet, og havde ikke relationer på kryds og tværs som alle andre.

Landstræneren havde ikke svaret, men havde nikket og sagt, at det var godt tænkt. Det var vist første gang, at Jens havde fået den slags ros.

5. kapitel

Der var fuldt hus i Amsterdam Arena. 52.000 mennesker sad klar på lægterne og ville underholdes. AJAX var som næsten altid på hjemmebane favoritter, og gæsterne fra PAOK Saloniki ville få en varm modtagelse.

Jens hoppede og trippede. Han mærkede lysten til at spille gennemsyre kroppen. Det var fantastisk, det her.

De spillede godt, men kampen formede sig præcist som den i Grækenland ugen forinden. Dominans, men få chancer. Her havde Jens fået scoret til sidst, og de havde vundet kampen 1-0. Det så dog ikke ud til, at grækerne havde den store lyst til at gå efter sejren, selvom de skulle bruge den for at gå videre.

Jens fik snoet sig fri af de tætte markeringer to gange, men begge gange blev han væltet på kanten af feltet. De spillede hårdt, gæsterne. Fem gule kort fik de alene i første halvleg, men de holdt stand.

Midt i anden halvleg skete katastrofen. Grækerne havde efter en kontra fået et hjørnespark. Deres første i kampen. En stor forsvarsspiller dukkede op ved forreste stang, og snittede bolden i mål. 0-1. Totalt mod spil og chancer. Stadion blev helt stille.

Jens løb hurtigt ned efter bolden, og råbte og skreg på medspillerne. Det skulle fandme være løgn, det her.

Et kvarter før tid fik Jens bolden foran bagkæden. Den tætte markering var lidt for langt væk, og han fik vendt sig. Et hurtigt træk, og han var inde i feltet. Netop da han lagde an til sin afslutning, mærkede han, at hans ben blev flyttet fra jorden. Han var blevet fældet på det grovest. Ingen fløjte.

Jens rejste sig hurtigt og tog et par skridt hen mod dommeren. En tanke slog ned i ham. En stemme talte til ham, og fik ham til at tøve, og trække vejret dybt uden at brokke sig..

- Rolig nu, Jens. Prøv igen. Næste gang fløjter han. Prøv igen.

Og ganske rigtigt. Deres kant slap fri og lagde et perfekt indlæg til ham. Netop som han skulle til at heade, mærkede han to hænder i ryggen og røg på maven i græsset. Denne gang lød fløjten. Straffe.

Deres anfører gik til bolden med lidt tøvende skridt, syntes Jens. Han sparkede hårdt og højt. For højt. Bolden dunkede ind i overlæggeren og gik højt over mål til målspark.

Jens mærkede hidsigheden komme. Hvad fanden lavede idioten?

Alle havde indstillet sig på forlænget spilletid, da Jens igen fik vendt sig på kanten af feltet. Igen tog han et træk rundt om den tunge stopper. Han var inde i feltet, og igen mærkede han tacklingen bagfra. Denne gang havde han nået at flytte bolden en anelse fremad, så hans ben var det eneste, der blev ramt. Dommeren havde ikke noget valg, klart straffe.

Jens sprang op, og tog fat i bolden. Deres anfører ville sparke igen, men Jens lyttede til stemmen i hans hoved, og sagde stille og roligt, at han nok skulle score.

- Dyb indånding, og spark til venstre for målmanden. Oppe i målet. Han når aldrig derop.

Jens lyttede og bragede bolden sikkert i nettet. 52. 000 mennesker jublede som vanvittige, og grækerne nåede end ikke at give bolden op, før dommeren fløjtede kampen af. De var klar til 1/8 finalen.

Med ophøjet ro modtog Jens folkets hyldest, og holdkammeraternes ros. Ja, det var ikke så ringe af ham. Faktisk var han pisse god, hvis han selv skulle sige det.

Den lille stemme fik ham til at rose hele holdet, da han blev interviewet til tv efter kampen. Noget han ellers tit glemte. Den lille stemme med det bekendte og rolige tonefald. Rasmus´ stemme.

Elena lå på maven på sengen. Jens nød synet af hendes perfekte kurver, som kunne anes under lagnet.

Det var tidligt. For tidligt til at stå op, men han var lysvågen. Hun var fantastisk. Aftenen var gået aldeles perfekt, og Jens havde ramt meget bedre med maden denne gang. Helt almindelige kyllingefilletter, en god blandet salat, og nogle ovnbagte kartofler. Han gjorde sig umage i hendes selskab, og han nød det. Der var ikke meget, han ikke ville gøre for et af hendes smil.

Han havde spurgt hende om en masse i går. Det var noget helt nyt for ham, at han ikke fortalte en masse om sig selv, men han fornemmede, at hende her ikke ville være specielt imponeret over alt det, han normalt kunne prale med. Han var overrasket over, hvor åbenhjertig hun havde været. Hvad var det nu, hun havde sagt?

Jo, hun var kommet til Amsterdam som ganske lille, og havde boet der lige siden. Var blevet gift som 19 årig, hans alder, han gøs ved tanken. Lidt uvirkeligt at tænke på. Hun var meget anderledes end ham. Mor som 20 årig og skilt igen som 21 årig. Nu læste hun på universitetet. Statsvidenskab. Jens var en smule imponeret. Ud over Rasmus kendte han ikke nogen, der virkede så klog, som hun gjorde, og det helt uden at skilte med det.

Han havde spurgt, om hvorfor de var gået fra hinanden, hende og eks-manden. Det var faktisk det eneste, som hun svarede lidt undvigende på. De var bare for forskellige, som hun havde sagt. Ikke uddybet det, og Jens ville ikke snage.

Pludselig opdagede han, at hun kiggede på ham. Hendes øjne skinnede, og da hun dovent strakte de lange lemmer, fyldte det Jens med en ømhed, som han ikke tidligere havde følt. Han måtte bare give hende et kys. Og så lave kaffe. Ingen morgen uden kaffe.

Rasmus overvejede, om han skulle tage bussen eller cykle til gymnasiet. Det blev cyklen. Der var ikke langt, og han kunne mærke på hans mor, at han havde været lidt for rundhåndet med deo´en på badeværelset. Hun havde ikke sagt noget, men den lille trækning ved næsen, da han passerede hende på vej mod sit værelse, var nok. Det måtte den friske luft klare.

Det tog ikke mange sekunder at lokalisere hans klasse. De havde kapret et bord i aulaen og var allerede godt højrøstede, og de var i det hele taget rigtige 3.g.´ere.

Rasmus var populær fra starten på dansegulvet. Mange af de andre drenge havde store udfordringer med at bevæge sig til musik, og her kunne Rasmus altså takke sin mor for, at han ikke bare kunne bevæge sig, men også smide alvorligt rundt med de unge piger. De nød det, tøserne. Rasmus var altid ædru og sød, ikke bøvet og anmassende. Flere af dem forsøgte at få ham til at være en smule mere anmassende, men havde ikke held med det.

Hele tiden kiggede Rasmus efter Jens´ klasse. De sad et par borde væk. Der var mange ledige pladser ved deres bord, mest på grund af, at de manglede drenge i klassen. Der var klar overvægt af piger i de sproglige klasser på skolen. Pludselig så han hende. Nadi. Hun kom valsende sammen med en lyshåret pige. Fuck, det var Tanja. Af alle hvorfor så lige hende? Rasmus huskede et kort øjeblik tilbage på deres brud, og væmmedes ved tanken.

Heldigvis sad de ikke sammen. Rasmus holdt øje med hende fra dansegulvet, og endte med at få lidt dårlig samvittighed overfor sin dansepartner, der ikke fik den opmærksomhed, som hun fortjente. Det skulle være løgn. Han dansede med klassens hjerne, hende der aldrig var til at lokke med til festerne. Da han hørte, at DJ´en havde smidt en gammel Michael Jackson plade på, og rytmen fra ”Beat it” væltede ud af højtalerne, besluttede han at vente lidt med Nadi, og pakke sin generthed væk.

Han dansede Jacksons berømte trin, moonwalk og det hele, og fik svinget rundt med Malene, som pigen hed, som hun tydeligvis aldrig var blevet det før. Han var så fokuseret på at ramme rytmen, at han først mod slutningen af nummeret registrerede de mange andre dansende, der havde dannet ring om dem. De klappede og hujede, og da dansen var slut, fik han Malene til at neje, og han selv bukkede pænt, og han eskorterede hende tilbage til hendes plads. Ok, lidt opmærksomhed engang imellem var ikke af vejen. Fulde mennesker var et taknemmeligt publikum, og han følte virkelig en ukendt brussen i blodet. Han nød faktisk at danse. For første gang i mange år. Nu manglede han bare, at han selv kunne vælge den næste partner.

Nadi var ikke ved bordet. Det ærgrede han lidt, men han fik ikke ro til at tænke så meget over det. Tanja stod pludseligt foran ham, og trak ham med ud på dansegulvet. De havde ikke talt sammen meget længe, men Rasmus huskede hendes bløde hænder, og kunne ikke sige nej.

Det var en langsom sang, så de kunne blære sig lidt. Tanja var stoppet som elitedanser, da hun rykkede op i voksenrækken, men hun kunne stadig flytte sig på et dansegulv. Rasmus tænkte ikke, og han nød bare at danse med en, der vidste hvad hun gjorde, så han ikke hele tiden skulle passe på.

- Nadi er udenfor. Hun vil gerne snakke med dig. Men det larmer for meget herinde. Vil du med ud?

Rasmus var overrasket, både over budskabet, men så sandelig også over, at det netop var Tanja, der skulle være budbringer.

- Hun har spurgt mig om en masse ting i dag. Alt sammen om dig. Du ved godt, at hun er hindu, ikke?

Rasmus nikkede, men forstod ikke helt, hvad det indebar. Han var dog også ligeglad, så han fulgte med Tanja udenfor. Nadi stod ganske rigtig ovre ved en busk. Hendes kjole havde en slids, der gik helt op til hoften. Den blev først synlig, da hun bukkede sig ned for at lægge noget i busken.

- Hej Nadi.

Rasmus havde taget modet fra dansegulvet med ud i kulden, så han rødmede ikke, og hans stemme var sikker.

- Hvad laver du?

- Vi har bare lidt med hjemmefra.

Rasmus så flasken med små grå, som lå i busken.

- Jeg drikker ellers aldrig, men da jeg så dig danse, tænkte jeg, at jeg hellere måtte tage en tår, inden jeg spurgte, om du også gerne ville danse med mig?

Rasmus sagde, at han egentlig kun var kommet for det, så hun skulle bare sige til.

- Nadi, hvad er det for et navn? Hvad betyder det?

Nysgerrigheden og angsten for pinlig tavshed fik Rasmus til at spørge.

- Jeg hedder ikke Nadi. Mit rigtige navn er Ayoe, men det kan ingen sige, så pigerne på holdet fandt på at kalde mig for Nadi.

- Hvad betyder Ayoe så?

- Det må du selv finde ud af. Kom. Skulle vi ikke danse?

Isen var brudt, og Rasmus smilede for sig selv. Nu vidste han hvorfor, han havde sagt ja til at få mobiltelefon. Hans I-phone fortalte ham, at Ayoe betød; Den Vidunderlige. Nu forstod Rasmus, hvorfor hun ikke ville fortælle det selv, og samtidig besluttede han, at hun hed Ayoe for ham fra nu af.

Hvor længe de dansede, havde Rasmus ikke styr på, men han nød det. De talte ikke ret meget, og det så ud til, at Ayoe også havde det fint med det. Han kunne mærke, at hun var genert, og det stod i stærk kontrast til hendes flotte kjole, og helt utroligt smukke øjne. De var mørke, og de lyste af indsigt og sødme. Rasmus glemte alle andre, og nød bare dansen.

- Jeg bliver altså snart hentet. Min far kommer kl.1.

- Er klokken allerede så meget?

- Ja, den er kvart i. Skal vi ikke gå ud og vente?

Ayoe lød næsten undskyldende, og en lille smule flov over, at faren kom. Rasmus lod sig ikke mærke med noget, men tænkte, at det måske var det, som Tanja mente med, at hun var hindu.

De stod tæt sammen ude på parkeringspladsen, og Ayoe skuttede sig lidt. Rasmus lagde forsigtigt armen om hende for at varme hende, og så vendte hun sig mod ham. Hendes øjne var lidt for alvorlige, og derfor undlod Rasmus at forsøge at kysse hende.

- Rasmus. Du er rigtig sød, men….

Rasmus forsøgte at skifte emne.

- Er du veninder med Tanja?

- Nej, egentlig ikke. Jeg er mest sammen med dem fra holdet. Jeg vidste bare, at I havde kommet sammen, så jeg har bare spurgt hende om dig. Hvordan du var, og sådan.

Rasmus var lidt utryg ved situationen, men hun fortsatte;

- Hun sagde, at du er den sødeste og mest forstående fyr, hun kender. Og tålmodig.

Da hun sagde det sidste, skævede hun til ham. Rasmus holdt stadig om hende og tænkte, at Tanja måske alligevel ikke var helt så selvcentreret alligevel.

- Jeg kan lide dig, Rasmus. Kan vi ses igen? Måske på søndag? Hjemme hos mig? Så kan du tage nogle lektier med?

Hendes stemme lød meget stille, og hendes læber var kun centimeter fra hans skulder, da hun sagde det. Rasmus forstod ikke helt, særligt ikke den sidste bemærkning, men takkede ja. De aftalte kl.13 på søndag. Der drejede en bil om hjørnet, og hun frigjorde sig fra hans arme, kyssede ham let og hurtigt, og løb ned mod bilen.

- Vi ses på søndag, råbte hun over skulderen.

Rasmus stod lidt ude i kulden. Skulle han gå tilbage til festen? Der var ligesom ikke så meget at gå tilbage for. Han var lidt forvirret, men smagen fra hendes hurtige kys, sad i ham. Det smagte af mere. Han besluttede at gå ind og sige farvel og tak for i aften.

- Må vi ikke godt, mor?

Marie prøvede med alle hendes talenter at overtale moren. Rasmus stod og lyttede. Han ville lige så gerne have en hund, men vidste ikke rigtigt, hvordan han skulle overtale moren.

- Vi skal nok gå med den hver morgen. Og fodre den. Ikke også, Rasmus?

Rasmus nikkede kraftigt, men turde ikke sige noget. Han kunne mærke, at det var lige på nippet til, at moren ville afsige dommen, så han ville ikke sige noget dumt.

- Ved I hvad, I to. Vi laver en aftale. Hvis I stopper med jeres sport begge to, så har I tid til at passe en hund, og jeg har tid til at hjælpe jer. Vi er aldrig hjemme, og det er altså synd sådan noget for en hund. Nogle gange vil man gerne noget, men det kan bare ikke lade sig gøre.

Rasmus forstod, hvad hun sagde. Hun havde ret. Nogle gange måtte man bare acceptere, at tingene ikke kunne lade sig gøre, men Marie ville ikke give sig.

- Kom nu, mor. Vi skal nok skiftes til at gøre det. Og vi træner ikke samtidig. Og vi skal nok cykle til træning.

Rasmus tænkte, at det havde han da altid gjort, og vendte ryggen til de to. Han kendte morens blik, og hun ville ikke give sig nu. De var lige stædige, men Rie havde tabt. Det var kun et spørgsmål om tid, før Rie måtte give op.

6. kapitel

Søndag kunne ikke komme hurtigt nok. Rasmus havde fundet Nadi, eller Ayoe, på facebook, og hendes billeder der blev ofte beskuet. Han kunne ikke rigtig finde ud af mediet endnu, men i det mindste havde hun accepteret ham som ven derinde.

På en eller anden måde tog det her møde hele hans opmærksomhed, og mandagskampen faldt helt i baggrunden. Han var med og skulle nok starte inde. Træneren var lidt bange for, at nogle af de mere rutinerede var for trætte efter de hårde Champions League kampe.

Han havde været i bad, og tjekket flere gange på Vejviseren, hvordan han skulle komme til Brøndby Strand fra Frederiksberg. Ayoe var på Team Danmark ordning ligesom han selv, og det var vel kun derfor, at hun var havnet på Falkonergården. Hun havde skrevet til ham på Facebook, at hun altid havde boet og spillet i Brøndby. Han kunne lide hende endnu mere, bare på grund af det.

Bus nr. 39 kørte lige forbi Brøndby Strand, så han skulle bare finde Toftegårds Plads, og det var jo i gå afstand. Han efterlod morgenbordet til Rie. I dag kunne hun rydde op.

Fuld af en blanding af nervøsitet og forventning traskede han ud af døren. I næste sekund kom han i tanke om skoletasken. Han måtte hellere huske den. Der var ingen lektier, men Ayoe havde jo sagt, at han skulle have den med.

Det var en lang tur med bussen. Den stoppede hele tiden, syntes Rasmus, men endelig tonede de høje huse frem i horisonten. Så var det bare at finde den rigtige opgang. Hold op, hvor hans hjerte bankede. Det føltes næsten som når de spillede intervalspil. Da han ringede på dørtelefonen, var modet lige ved at svigte ham, men han nåede ikke at stikke af. Døren blev åbnet med det samme.

Ayoe mødte han i døren. Hun så dejlig ud, og hendes smil gjorde nervøsiteten lidt mindre. Der duftede anderledes i lejligheden. Han kunne ikke lige sætte fingeren på, hvad det var, der duftede af, men karry var det ikke. Ayoe havde jeans på, og en t-shirt, men da han kiggede ind i stuen, var det som at stå i en anden verden. Den var utrolig smuk, og fyldt med nips fra fjerne steder. I sofaen sad en kvinde i en af de traditionelle smukke indiske kjoler, og hun hilste pænt på ham.

-Min mor, hviskede Ayoe, og trak lidt i ham for at få ham med.

Hendes værelse lignede så mange andre, som Rasmus havde været på. Plakater på væggene og skolebøger på hylderne, og en lille smule rodet. Der var et lille skrivebord ved vinduet, og en seng i hjørnet. Et indisk tæppe dækkede sengetøjet. Det var i silke, og det skinnede. Der var to store sækkestole og et lille lavt bord midt i rummet, og det var her Ayoe trak ham hen.

- Jeg er så glad for, at du ville komme. Min mor er så pinlig. Hun har altså ikke altid fint tøj på, men da jeg sagde, at du kom, ville hun absolut have, at du skulle spise med, og så er du officiel gæst, og det betyder fint tøj her i huset.

- Jamen, du er da også fin, svarede Rasmus smilende.

Ayoe slog øjnene ned.

- Tak fordi du kom, sagde hun bare, og fandt en bog frem.

- Jeg er nødt til at lægge den her, hvis hun kommer ind. Vi laver altså lektier, hvis du skulle være i tvivl. Tak, fordi du ikke spørger hvorfor. Lige om lidt kommer min mor med te og kager. Det må du altså finde dig i.

Rasmus var fascineret af den lille smukke pige, der sad der og blev forlegen over, at han måske fandt hendes familie underlig. Det gjorde han ikke. Ikke det mindste. Faktisk var han helt lettet over, at han ikke var den mest generte for en gangs skyld.

- Hvornår begyndte du at spille fodbold?

Rasmus´ spørgsmål fik samtalen i gang, og langsomt blev stemningen mere og mere afslappet, og historierne fra banerne og omklædningsrummene kom i en lind strøm, og de skabte et bånd, der langsomt blev stærkere.

Teen og kagerne blev fortæret, og tiden for aftensmaden nærmede sig. Rasmus blev lidt urolig. Han havde ikke mødt faren endnu, men moren virkede sød. Ayoe rykkede sin sækkestol tættere på hans. Hun samlede hans hænder op i sine, og kiggede ham lige ind i øjnene. De mandelfarvede perler, som hun var udstyret med, fik Rasmus´ hjerte til at banke ukontrollabelt.

- Du må virkelig undskylde alt det her. Mine forældre er slet ikke så gammeldags, som det kunne se ud. De lod mig spille fodbold for eksempel, og kommer faktisk nogle gange til kampene. Min far vil bare ikke lade mig besøge eller gå ud med nogen, som han ikke har mødt.

Rasmus smilede bare. Han havde faktisk slet ikke spekuleret på, at der kunne være noget, som hun skulle undskylde. Han slap hendes hænder, og lod i stedet hans fingre lege med hendes næsten kulsorte lange hår. Deres ansigter var ikke mere end en næsetip fra hinanden. Det var næsen, der mødtes først, så læberne og tungen. Det sendte en voldsom varme ud i hver fiber i Rasmus´ krop, og at dømme efter temperaturen på Ayoes mørkebrune hud, var han ikke den eneste, der havde det sådan.

Lang tid sad de der i sækkestolen, nærmest limet sammen, men pludselig rev Ayoe sig løs, og rejste sig. Rasmus havde ikke hørt noget, men hun havde åbenbart en sjette sans, for i det samme bankede hendes mor på, og trådte ind.

- Maden er på bordet. Vi ses om lidt.

- Har du også sådan en dragt? spurgte Rasmus.

Han var ganske betaget af de smukke mønstre på hendes mors tøj. Det så samtidig behageligt ud.

- Jeg skal nok vise dig den en dag. Kom, hvis du tør.

Hun tog ham i hånden, og trak ham med hen mod spisestuen, men slap den igen, før de gik ind.

Rasmus var overrasket over, hvor høflige og venlige hendes forældre var. De spurgte ham om en masse ting, og heldigvis ikke noget, som han ikke kunne svare på. Det viste sig, at hendes far kendte ham fra tv, så han behøvede ikke fortælle, hvad han lavede ud over skolen.

Faktisk var det en utrolig hyggelig middag, og selvom Rasmus havde svært ved at holde øjnene fra Ayoe, blev hendes smil større og større, og hendes skuldre mindre og mindre anspændte for hvert minut der gik, og for hvert ord han og hendes far udvekslede.

Det blev halvsent inden den sidste tår te og kaffe var drukket, og inden faren havde rundet det sidste hold i Superligaen. Han vidste virkelig meget om fodbold. Rasmus takkede mange gange for den dejlige middag, og sagde høfligt, at han hellere måtte komme af sted. Ayoe udtalte noget på et sprog, han ikke forstod, og faren nikkede.

- Jeg følger dig ned til bussen, smilede hun med sine perfekte hvide tænder og mandeløjnene.

Elena havde inviteret ham hjem til middag. Det var første gang, og Vanja ville være hjemme. Hvad det betød, var Jens ikke sikker på, men dårlige tegn kunne han ikke tolke det som. Han måtte finde en lille ting til hver, som han kunne tage med. Hvad kunne en to næsten tre årig pige lide? Han anede det ikke, udover Elena havde fortalt, at hun var vild med den bamse, han havde givet hende på hospitalet. Han måtte på jagt. Heldigvis havde han noteret sig en legetøjsbutik lige ved siden af den cafe, hvor han plejede at sætte sine bets. Måske skulle han slå vejen forbi.

Valget faldt på en prinsessekjole med diadem og det hele. Der var tid til et kort cafe besøg. Jens havde regning, og det blev han mindet om med det samme, da han trådte ind af døren. Han blev simpelthen hevet med ind i baglokalet, og der viste ejeren ham hans regnskab. Jens var rystet. Han var slet ikke klar over, at det var så meget. Han turde slet ikke tænke på, hvad han brugt, hvis man lagde online bets oveni.

De aftalte, at han skulle komme og betale det fulde beløb til den første, men indtil da, kunne han ikke spille mere. Jens var flov, og følte skammen som en kappe, der var umulig at tage af. Han havde været så glad for den store gevinst, han lige havde vundet, men den havde kun kunne dække hans tab på hans online spil. Det her, havde han fuldstændig glemt. Hvordan skulle han kunne betale det her?

Jens forsøgte hele vejen til Elenas lejlighed at ryste skammen af sig, men det var svært. Han kunne ikke bede sine forældre om hjælp. Elena ville ikke kunne forstå det, og ærlig talt var han overbevist om, at hun ville bryde med ham, hvis hun vidste sandheden. Hvad fanden skulle han gøre?

Den eneste tanke, der kunne bringe ham lidt ro, var, at han skulle med landsholdet lige efter kampen lørdag. Rasmus ville være der. Han ville vide, hvad der kunne gøres. Ja, Rasmus. Han ville vide, hvad han skulle gøre. Med den tanke som trøst, blev hans humør gradvist bedre, og da han ringede på hos Elena, var han næsten rolig igen.

De mødtes i Kastrup Lufthavn. Jens havde været tidligt oppe, men han følte sig frisk. Turen til England var et perfekt afbræk, og måske også hans vej ud af problemerne. Han hængte sine håb på hans ven, der gav ham en kæmpe krammer, da de mødtes. Ellers drejede hele samtalen sig under morgenmaden på MASH sig udelukkende om den Elite Round, der ventede for holdet.

De havde trukket Tjekkiet, Bulgarien og Portugal. Kampene skulle spilles i Portugal i juni. Lige efter turneringerne var slut. Perfekt. Alle mente, at det ville blive svært, men at de bestemt havde en chance, en chance for at nå en slutrunde. Det var ellers ikke noget, som danske ung-landshold var forvendt med, men hvorfor ikke? A-landsholdet var tit med til slutrunder, så hvorfor ikke dem? Det ville være så stort, og en perfekt måde at slutte en sæson på.

- Hvordan går det, Rasmus? Derhjemme og sådan?

Jens sad sammen med Rasmus lidt væk fra de andre. Rasmus svarede kortfattet som altid, men Jens tolkede svaret som positivt.

- Jeg ved godt, at jeg er reserve, men jeg har da spillet de første tre superligakampe fra start.

Rasmus var altid irriterende beskeden.

- Hold nu kæft, Rasmus. Du hører til på det hold. I fører med 15 point med 12 kampe tilbage. Det mesterskab skal nok komme i hus snart. Man er altså ikke reserve, hvis man spiller tre i træk.

- Hvad med dig selv? Du er jo en hel målmaskine dernede. Det kører vist bare.

Rasmus´ sidste kommentar fik Jens til at krympe sig lidt, og han svarede ikke. Lod den ligge. Han ville ikke snakke om hans problemer lige der midt i morgenmaden i en lufthavn. Det kunne vente. De ville have masser af tid i løbet af ugen.

Der var mange mennesker på lægterne til den første kamp. Englænderne gik op i al slags fodbold, og det var ikke unormalt, at der var 15.000-20.000 tilskuere til en U-landskamp. For de mange af holdkammeraterne, der stadig spillede ynglingeliga hjemme, var det en stor oplevelse og et stort pres. Jens mærkede det ikke rigtig, men selv han fornemmede den intense stemning, der altid var på et engelsk stadion.

De var usikre i starten og englænderne dominerede. Rasmus forsøgte på alle måder at organisere holdet, og Jens mærkede hans energi tydeligt. Gad vide, om dem ude på bænken var klar over, præcis hvor vigtig sådan en spiller var? Man fik lyst til at arbejde hårdere, når han gjorde det.

Jens spillede helt fremme, og pludselig så han muligheden. Rasmus havde opfanget bolden midt på deres egen halvdel, og den engelske venstre back tog en chance, og forsøgte at løbe frem i pres. Lynhurtigt løb Jens ud bag backen, og Rasmus så det instinktivt. Det var som om, de stadig kunne finde hinanden i blinde, at de kunne følge hinandens tanker.

Den perfekte pasning i dybden efterlod Jens i kapløb med en stopper, og den duel tabte han ikke. Han nåede bolden først, og han skar ind foran den sprintende stopper. Helt fri på kanten af feltet loppede han bolden i en blød bue over den fremstormende keeper. 0-1, en smule ufortjent, men de var effektive.

Kahn måtte diske op med et par redninger inden pausen, og generelt havde de svært ved at styre englænderne. De spillede godt. De var med den her årgang finalister ved EM for U17, så de var bestemt et af de bedste hold i årgangen. Kun Tyskland havde været bedre dengang.

I pausen talte træneren om, at de skulle holde kompaktheden, men stadig forsøge at spille fremad når de fik bolden. Når modstanderne var så gode, var det åbenbart helt i orden at spille lidt på kontra.

Rasmus lavede nogle aftaler med de andre på midten. Han var god. Perfekt, som anfører. De lyttede, de andre. Jens smilede for sig selv. Hvem havde kunnet gætte det for et år siden?

Englænderne dominerede stadig, men det var ikke mange chancer, som de kunne tilspille sig. Rasmus og resten af holdet havde fået fint styr på defensiven. Pludselig vandt deres venstre back bolden, da englænderne stod højt på banen. Han fandt Rasmus på midten. Jens søgte dybt med det samme, og ligesom i de gode gamle dage lagde Rasmus bolden perfekt i rummet mellem målmand og forsvar.

Jens sprintede af sted, og målmanden tøvede lige lidt for længe. På kanten af feltet nåede Jens bolden først, og målmanden bragende ind i ham. Dommeren valgte at dømme frispark, selvom Jens var sikker på, at han var inde i feltet. Han brokkede sig dog ikke, særligt da han så, at målmanden blev vist ud. Det tog lidt tid, før den nye engelske målmand var klar til at komme ind på banen.

Jens overlod bolden til Rasmus. Han kunne score derfra. Jens kunne mærke det. Han var klar på midten til at følge op, men da han så, hvordan Rasmus ramte bolden, vidste han, at det ikke ville blive nødvendigt. Første gang den nye målmand rørte bolden skulle han hente den ud af nettet.

Der var en overstadig stemning i omklædningsrummet efter kampen. Det var stort, det her. At slå England på udebane. Det var vist aldrig sket før. Selv træneren luftede store forhåbninger for holdet, selvom han erkendte, at både Tjekkiet og Portugal rangerede højere end dem selv. Chancen var der, og de skulle gøre alt for at få det til at lykkes. Først var der dog lige returkampen mod England to dage efter.

Hviledagen mellem kampene blev brugt til at se video, og til småsnak og hvile på værelserne. Rasmus kunne mærke, at noget trykkede Jens. Det kunne ikke være noget med fodbold, for ærlig talt, havde han aldrig set Jens bedre. End ikke hans temperament var ude af kontrol. Men der var noget i hans øjne, der fortalte ham, at noget var galt.

- Jens, hvordan er det egentlig at være helt alene dernede? Jeg mener, hvad laver du hele dagen? Du skal jo ikke i skole og alt det lort.

Rasmus ledte efter en åbning så manden, der lå og slangede sig på sengen kunne få fortalt, hvad der trykkede ham. Der gik et stykke tid før Jens svarede, men da han endelig gjorde, kunne Rasmus med det samme mærke, at han havde valgt at betro sig til ham.

- Jeg spiller, og jeg mener ikke Play-station.

Jens så alvorlig ud, og han snappede lidt efter vejret. Den afslappede holdning i sengen, var blevet afløst af en anspændt stilling, hvor han havde sat sig halvt op på albuerne.

- Jeg spiller meget. Hele tiden.

Rasmus kunne høre på vennen, at tårerne var på vej. Han sagde ikke noget først, men forsøgte at virke så rolig, som han kunne.

- Skal vi se på det? Du har jo din computer med? Du ved, at der er én ting, jeg kan finde ud af, og det er tal.

Jens´ hænder rystede, da han fandt computeren. Det tegnede ikke godt, men Rasmus forsøgte ikke at vise, hvad han tænkte.

Efterhånden som de fik gennemgået det hele, blev Rasmus mere og mere klar over omfanget af problemerne. Der var ikke noget at sige til Jens´ gråd og opgivelse.

- Er det alt? Du er nødt til at give mig det hele, hvis vi skal lave en plan.

Rasmus forsøgte at lyde rolig, men alt var væk. Sign-on fee, løn, det hele.

- Jeg skylder 10.000 euro til en bookmaker. Det er det eneste, der ikke er med der.

Stemmen lød meget stille, meget lille, og meget opgivende.

Rasmus fik en idé, og fandt hurtigt et telefonnummer på nettet. Der skulle handles med det samme, så hans ven ikke fik chancen for at fortryde hans åbenhed.

- Jens. Du ved godt, at ludomani er en sygdom, ikke? Det er ikke noget at skamme sig over. Du er bare nødt til at erkende det. At du har den lidenskab, og at det bare ikke går.

Jens fór sammen, da han sagde det, og Rasmus kunne fornemme hans hidsighed blusse op, men luften sivede ud af ham igen.

- Ring til dem her mens jeg kigger på, hvad vi kan gøre. Du har brugt mange penge, men med din løn, er det muligt hurtigt at få styr på det. Kom nu. Ring til dem her. De kan hjælpe.

Jens tog mod ordren, og gik lidt væk. Rasmus samlede hele sin opmærksomhed på tallene foran sig, og begyndte at organisere det hele.

De talte stadig, Jens og den anonyme stemme på hotline telefonen, da Rasmus var færdig med at gennemgå tallene. Han var positiv, og det var faktisk rigtigt, hvad han havde sagt til Jens tidligere for at trøste ham. Den løn, som Jens fik, kunne hurtigt bringe ham op ad hullet, hvis bare han ikke gravede det dybere.

Jens så træt ud, men han havde lidt farve i kinderne, da han endelig lagde på. En dyb indånding, og så gik Rasmus i gang med forklaringerne.

Han viste Jens, hvordan han kunne oprette en opsparingskonto, som han skulle bestille penge fra. Han kunne ikke bare hæve. Alle hans regninger var der styr på, og gælden var egentlig begrænset til nogle kreditkortregninger, som kunne klares med næste løn. Problemet var de 10.000 euro.

Rasmus havde tænkt længe over det, men så ingen anden udvej end, at han måtte hjælpe sin ven, også selvom det handlede om næsten hele hans egen opsparing.

- Jens. Som du kan se, kan du på en måned få styr på det hele, hvis bare du stopper med at spille. Er du klar over, hvor meget du tjener? Jeg får sgu for lidt.

Den lille morsomhed til sidst fik for første gang Jens til at trække på smilebåndet.

- Jeg låner dig pengene til bookmakeren, og så lover du, at du får noget hjælp. Og bliver det for meget, så skal du ringe til mig, lige meget hvornår. Ok?

Rasmus vidste, at Jens aldrig ville overleve, hvis han skulle bede sine forældre om hjælp, og han havde jo pengene. Hvorfor ikke prøve at hjælpe? I virkeligheden var han ikke det mindste bange for, at han ikke ville få pengene igen, for Jens ville aldrig tillade andet.

Jens fik tårer i øjnene igen.

- Du er den bedste ven. Ved du det, Rasmus?

Forlegen ved situationen skyndte Rasmus sig at overføre pengene, og så gennemgik han hele planen med Jens igen. Hans bedste ven var mange ting, men ikke nogen talnørd så en gentagelse eller flere var nødvendig.

De lå begge vågne længe uden at sige noget. Kiggede bare op i loftet. Rasmus kunne ikke lade være med at tænke, at de var blevet meget ældre bare på en aften.

- Jeg fatter det ikke. Kan du ikke bare lave det for mig?

Jens lå med hovedet på sin matematikbog, mens Rasmus tålmodigt forklarede stykkerne et ad gangen.

- Du skal bare tænke fodbold. Hvis vi mangler 9 point, og der er 4 kampe tilbage. Hvor mange kan vi så tåle at tabe, og stadig vinde rækken?

Rasmus prøvede at være pædagogisk, men det var svært. Han fattede ikke, at Jens ikke forstod det.

- Vi kan tåle at tabe én. Vi skal vinde ¾ af de sidste kampe.

Rasmus nikkede. Endelig. Var brøkregning virkelig så svært?

De kæmpede videre, og efter mange forbandelser lykkedes det endelig at få gjort matematiksættet færdigt.

- Tak for hjælpen, Rasmus. Jeg synes stadig, at det ville være lettere, hvis du bare lavede det for mig. Hvad skal jeg bruge alt det lort til?

- Det er dine lektier, ikke mine, svarede Rasmus, mens hans fandt sine egne bøger frem. Der var både læsning og stil, der skulle laves.

7. kapitel

Tiden fløj af sted. Rasmus havde svært ved at følge med, men han var glad. Han lå i fast rutefart mellem Brøndby Strand, KB, Falkonergården og hjemme.

På skolen var de i gang med eksamensforberedelse i alle fag, og der var ikke længe til den store dag. Den dag, hvor udtrækningen af eksamensfag skulle foregå. Rasmus tænkte ikke så meget over det, da det egentlig var lige meget for ham. Hans årskarakterer ville ikke blive voldsomt gode, da han havde en del fravær, så de kunne sikkert alle sammen forbedres til eksamen.

De skriftlige prøver lå samtidig med Elite Round for U19, så DBU var i gang med at finde ud af, hvordan han kunne tage de to af prøverne, mens de var i Portugal. De tre andre fra U19 truppen, der havde eksaminer i perioden, havde valgt at udsætte deres prøver, men Rasmus ville være færdig samtidig med hans klasse. Og hvad ville nogle timer på skolebænken betyde for hans præstation? Ikke noget særligt, var han sikker på. DBU havde lovet ham, at det nok skulle komme på plads.

Han så for lidt til Ayoe. Hun trænede sen eftermiddag, og han trænede formiddag. På skolen havde de kun frikvartererne, så de var faktisk nødt til at lave lektier sammen for at få bare lidt tid. Rasmus nød hendes selskab, og hendes familie var altid høflige og venlige. Bare de kunne ses noget mere. De dage, hvor de begge havde fri, var meget få, men de var fantastiske.

Hun havde kun været hjemme hos ham en enkelt gang. Ikke fordi, det var et problem, men det passede bare bedre at mødes andre steder. Moren havde ikke sagt så meget, og Marie slet ingenting. Faktisk var Rasmus lidt skuffet over, at de ikke havde gjort mere for at få hende til at føle sig velkommen. Hun havde dog ikke ladet sig mærke med noget, men det kunne da være en grund til, at hun aldrig foreslog, at de mødtes hos ham.

Moren havde forsøgt at fortælle ham lidt om, hvor besværligt det var, at være kærester med en fra en helt anden kultur, og Rie havde bare konstateret, at det var dømt til at gå helt galt. Hvorfor, kunne hun ikke uddybe. Rasmus gad ikke være hjemme. Han var træt af dem, af deres evindelige fnidder, og alle deres åndsvage meninger. Han ville bare have lov til at være sig selv, så han forsøgte at tilbringe så lidt tid hjemme som muligt.

For holdet gik det fremragende. Det var den afgørende fase i turneringen, halvvejs gennem foråret, men kun afgørende for dem. To sejre mere, og de var mestre, men alle andre kunne slet ikke skimte mållinjen endnu.

En plan var ved at tage form i hans hjerne. Hans far havde en gang fortalt ham, at man bare skulle tænke længe nok på et problem, så kom løsningen dumpende af sig selv. Gang på gang havde det vist sig, at faren havde ret, men altid først, når tankerne slap fokuseringen på problemet, og så hvad der lå bag ved det. Først der, tog løsningen form, og den form skabte en plan.

Ayoe havde fødselsdag i slutningen af maj. På hendes 19 års fødselsdag skulle planen sættes i værk. Han havde masser af tid til at få alting på plads inden da. Det var en så vanvittig plan, at han kun kunne smile. Præcis så vanvittig, at den kun kunne lykkes.

Det gik bedre og bedre. Jens havde ro i sindet. Han spillede godt og scorede stadig mål. Han var i sportsnyhederne næsten hver uge, og han nød det. Vigtigst af alt var dog, at han endelig kunne betale Rasmus tilbage. Da han trykkede på send-knappen på hans netbank og overførte 10.000 euro til Rasmus, mærkede han med det samme, at han skuldre blev lettere.

Hver dag ringede han kort til hans ven, og nogle gange, når det blev rigtig svært, så ringede han til den hotline, der var lavet til det samme. Anonym, men ærlig fik han gang på gang hjælp til at overstå kriserne. Der blev længere og længere mellem, at det var nødvendigt at ringe, og han tilskrev meget af det Elena.

Det var umuligt for ham at finde ud af, hvor deres forhold var på vej hen. De mødtes ofte, når hun var alene, men meget sjældent når Vanja var med. Hun sagde bare, når han spurgte om hvorfor, at hun var nødt til at være sikker, før hun forvirrede Vanja for meget.

Ja, Jens syntes det var underligt, men han studerede jo ikke, og Elena vidste som regel, hvad hun gjorde, så han lod det blive ved det.

Indimellem savnede Jens hende så meget, at han kørte forbi uanmeldt. Hun sagde aldrig noget til det, men endnu havde hun ikke ladet ham overnatte en eneste af disse gange. Kvinder. Jens opgav at forstå hende, som han havde opgivet med alle andre hunkønsvæsener, som han havde kendt.

Der var tæt løb i toppen af rækken, og AJAX var jo per definition favoritter, så de skulle vinde. Alt andet var ligegyldigt. De var i pokalfinalen og i semifinalen i Europa League. Faktisk kunne de få en super sæson, selvom de undervejs havde sagt farvel til deres største stjerne. Aviserne sagde det ligeud. Uden Jens ville de være middelmådige. Det var ham, der var cremen i lagkagen, ham der var glasuren på morgensneglen, ham publikum ville se.

Der havde været en del snak i de danske medier om ham, og en mulig udtagelse til de ældste landshold. Men Jens havde ikke hørt noget, og han ville egentlig helst heller ikke. Han ville spille U19, men man kunne ikke sige nej, hvis de rykkede ham op. Det ville ikke give mening.

Der kom en række afgørende kampe, og for at sikre succes, skulle de vindes næsten alle sammen. Jens mærkede en smule pres, men inderst inde, vidste han, at han kunne klare det. De kunne bare komme. Første opgave var Stuttgart i Europa League. I Tyskland først. De skulle rejse næste morgen, så han skulle tidligt i seng. Han ville bare lige sige farvel til Elena først. Han kørte forbi, men allerede fra gaden kunne han se de mørke ruder.

Stuttgart var stærke, men mest fysisk. For én gangs skyld havde træneren bedt dem om at holde ekstra fokus defensivt. Det frustrerede tyskerne, at de ikke kunne finde de huller, som deres forsvar ellers var kendt for.

Jens lå alene fremme og lurede på chancen. Hver gang der var tilløb til noget på kanten, forsøgte han at finde en position, så han kunne få bolden. Det var svært. De gav ikke meget plads væk i de tyske defensiv.

Netop som han tænkte den tanke, opfangede de en tværpasning i tyskernes opspil. Jens løb ikke dybt denne gang. Han søgte lynhurtigt imod bolden, og spillede en fin bande med backen. Kanten var løbet dybt i hans side, og backens aflevering lå perfekt. Jens sprintede for at nå med i feltet, og han var hurtig. Han overhalede alle på sin vej, med- og modspillere. Backen nåede bolden ved kanten af feltet, og spillede bolden hårdt ind foran mål.

Jens kastede sig på maven for at nå bolden. Han ramte den perfekt med panden, og hans høje fart fra tilløbet gjorde det unødvendigt at gøre andet end at styre hovedstødet. Bolden sejlede ind i nettet helt ude ved stolpen.

Publikum var rasende og begyndte at smide ting efter Jens og hans holdkammerater ved hver lejlighed, som de fik. Jens lyttede til stemmen, der bad ham holde hovedet koldt, så han provokerede end ikke, da han på et flot langskud lukkede kampen med fem minutter igen.

Det blev en utrolig hjemtur. Det viste sig, at det var mange år siden, at et hollandsk hold havde vundet noget i Europa, så medierne var ellevilde med, at AJAX var så tæt på en finale. Jens var i tv- studier hele tiden frem mod returkampen. Den blev tillagt så stor betydning, at han sågar blev sparet i weekendens ligakamp.

Jens var lidt utilfreds med det. Ikke fordi, han ikke var træt, men han kæmpede om topscorer titlen, og var to mål bagefter finnen fra PSV, Ritmanen. Hver kamp talte i regnskabet for Jens ville være topscorer. Holdet havde vundet heldigt 1-0, og førte stadig rækken med et enkelt point. To runder tilbage, men det var rækkens nummer to PSV i sidste runde på udebane, så intet ville blive afgjort før den kamp.

Da lyset tændte på stadion, og folk begyndte at strømme ind, mærkede Jens forventningens glæde bruse gennem sig. Det her var livet, og han var den afgørende brik.

Igen lod træneren til at være tilfreds med et lidt defensivt udgangspunkt. Jens syntes, det var fornuftigt. De førte allerede fra starten, så der skulle ikke tages chancer.

Kampen blev spillet i højt tempo, men begge hold var påpasselige, så der skete ikke meget i felterne. Selv Jens deltog i det defensive, og for hvert minut der gik, var de tættere på en europæisk finale.

Pausen ændrede ikke noget. Deres træner var tilfreds, selvom publikum begyndte at knurre lidt. De ville se et AJAX hold, der dominerede hver kamp. Jens blev lidt små irriteret.

- Vi skal jo først og fremmest vinde, havde han svaret en journalist, der havde spurgt ham om den sidste tids lidt defensive taktik.

Modet svigtede tyskerne, og det var som om, at de slet ikke prøvede. Jens var næsten skuffet, men da jublen brød løs over finalepladsen på lægterne, mærkede Jens glæden komme strømmende. En europæisk finale, og hvor skulle den spilles? I Parken af alle steder. Det kunne ikke være bedre.

Han havde talt med Rasmus, og havde lovet ham billetter, også til hende Ayoe, som vist var hans nyeste erobring. Men Jens ville dele glæden med flere, nej, med Elena. Hun svarede ikke hans opkald, så han kørte forbi hendes lejlighed for gud ved hvilken gang.

Var det et lys? Ja, fandme. Han parkerede hurtigt, og skyndte sig op. Han både ringede og bankede på, og kaldte på hende. Der gik alt for lang tid, før hun åbnede døren. Hun så ikke glad ud.

Jens´ lyst til at kramme hende lige der midt på opgangen sivede langsomt ud af ham. Han kiggede ind i lejligheden, og så, at den var næsten tom.

Hvad skete der? Hun bad ham om at sætte sig ned, selvom der ingen steder var tilbage at sidde. Han blev stående.

To minutter senere var han på vej ned ad trapperne. Helt tom indvendig. Taget tilbage til eks-manden? Vanja havde brug for en rigtig far. Sikkerhed. Hvad var det for noget? Han ville jo gerne alt det der, men hun ville jo ikke. Ikke med ham i hvert fald.

Jens mærkede vreden komme, da han nærmede sig sin bil. Hun kunne rende ham. Fuck, den lille…. Bag rattet fandt han motorvejen og lod bilen få sin vilje. Den fløj af sted. Han var ligeglad hvorhen. Tankerne kom og gik, men en enkelt tanke fik mere og mere magt. Han ville vinde, han ville være topscorer. Alt andet var ligegyldigt. Alt skulle sættes ind i sæsonens sidste kampe. Han måtte glemme den skønne Elena, og ønske hende alt held og lykke.

Tre kampe, der kunne give tre titler, men som også kunne betyde ingenting. Jens følte sig træt i træningerne, men han havde kræfter nok til at klare de sidste kampe, kræfter nok til at være afgørende.

Første opgave var Twente på Amsterdam Arena i pokalfinalen. Alle steder blev han mødt af tilråb. Flere gange blev der sågar smidt trusser efter ham. Ja, en stjerne, det var han helt sikker på, at han var nu. Men stjerner er afgørende i de vigtige kampe, og de kom nu.

Det blev en nem kamp for AJAX. 3-0 og en helt sikker sejr. Alle var glade, men Jens var en smule skuffet over, at han ikke fik scoret, og at det var deres venstre kant, der stjal billedet. Han var nødt til at huske alle på, hvem der var stjernen. Men festes skulle der.

Hele holdet tog i byen, helt efter aftale med klubben. Der var fire dage til den afgørende ligakamp i Eindhoven. Jens tog med. Drak lidt for meget, og var på ingen måde klar til at tage hjem, da klokken nærmede sig 1, og de andre spillere begyndte at trække sig.

Der sad en masse søde piger ved hans bord, og han behøvede ikke præsentere sig. Han var ligeglad med, hvad alle tænkte. En tilfældig indskydelse fik ham til at spørge en af dem, om hun ville med hjem, og snart efter var de på vej. Han havde ikke lyst til at slutte aftenen endnu.

Næste morgen var han slet ikke så glad længere. Pigen var blevet sendt hjem i taxi, men han havde det elendigt. Rasmus svarede ikke. Hvorfor svarede han ikke?

Jens sad ved computeren, og uden at tænke gik han ind på spillesiderne. Der skete jo ikke noget ved bare at kigge. To kampe. To kampe kunne han godt spille. Det gjorde ham ikke afhængig. Den spænding, der var ved at gøre det forbudte, og glæden ved at nyde spillet, som han havde savnet så længe, fik ham til at få det lidt bedre.

Heller ikke kampen mod PSV blev så spændende som medierne havde lagt op til. AJAX var et bedre hold, og Jens blev matchvinder, og Amsterdam kunne fejre endnu et mesterskab. Jens nød opmærksomheden, men det var finnen, der blev kåret som topscorer i ligaen, og samtidig årets spiller, og årets udlænding. Hvad var der til ham? Årets talent. Ja, den var god. Han følte selv, at han var en langt bedre spiller end hans konkurrent, så det havde krævet noget af en overvindelse at se glad ud for prisen, da han fik den overrakt. Langt ude.

Heldigvis kunne han ramme på betting siderne. Han havde været god til at vælge. Måske skete der ikke noget ved, at spille for lidt mere. Det blev det jo kun sjovere af. Hvad er der ved at tjene penge, hvis man ikke må bruge dem?

Kr. Himmelfartsdag var lig med pokalfinale. Og hvilken en af slagsen. FCK mod Brøndby. Alt var udsolgt til sidste plads, og en af de mange tilskuere var inviteret af Rasmus. Ayoes hold havde misset finalen med et enkelt mål, men til gengæld lå de til at blive mestre.

Rasmus havde set de af hendes kampe, han kunne, men det var ikke blevet til så mange. Det var nogle vigtige dage, og han glædede sig helt vildt.

Først pokalfinalen torsdag, Ayoes fødselsdag fredag, bare tanken fik han til at gyse, lørdag var der Europa League finale, og den skulle de begge ind og se. Jens havde inviteret dem, og søndag var der sidste ligakamp. De havde for længst vundet mesterskabet, men fejringen og pokalen skulle udleveres der. Mandag var der så afgang til Elite Round. Sikke en uge.

Rasmus kunne ikke slippe den følelse, han havde haft den dag, hvor de var blevet mestre. Han havde slet ikke tænkt på, hvor meget det betød for de mange fans af holdet, og de havde fejret det i flere timer på banen sammen med dem. Det var fantastisk, og han var sikker på, at en pokalsejr ville være blive endnu vildere. Særligt fordi det var Brøndby, der var på besøg.

Der var en energi i ham, som han havde svært ved at styre. En voldsom energi, der ville gøre alt for at vinde, og alt for, at Ayoe ville få hendes bedste fødselsdag nogensinde.

Pokalfinaler er ikke som andre kampe. Den har sit helt eget liv, og disse lokalopgør det samme. Allerede inden kampen var tilskuerne i gang med hinanden, og faktisk kom de et kvarter for sent i gang på grund af det.

Rasmus sloges med de stærke Brøndby folk. Deres store force lå i deres temperamentsfulde spillestil, så Rasmus forsøgte hele tiden at tænke forud. På den måde kunne han måske undgå de mange opslidende nærkampe. Det var et kæmpe slag, og de ophidsede tilskuere pustede endnu mere til kampgejsten. Rasmus tænkte hele tiden.

Han så pladsen på venstre side af Brøndbys midtbane, og søgte straks derud. Han vendte på sin første berøring og drev i høj fart bolden fremad. Han ledte efter en bande, men hver gang en medspiller tilbød sig, så blev han markeret med det samme. Der var dog ingen, der gik rigtig til ham, så han fortsatte med at drive bolden frem. Han nærmede sig feltet, og lagde an til skud. Stadig var forsvaret underligt passivt. Først for sent opdagede forsvarerne, at de skulle angribe ham, og så gjorde begge stopperne det samtidig. Rasmus lavede en lille finte, og de to stoppere løb sammen. Tilskuerne kunne ikke lade være med at grine, så det må have set sjovt ud. Det var Rasmus dog ligeglad med. Han trillede bolden ind ude ved stolpen og jublen brød løs på C-tribunen.

Det tog lidt tid før de kunne komme i gang igen, for det fløj med ting og sager mellem tilskuerne. Rasmus var en smule påvirket af det, og kunne ikke rigtig fokusere, da han de næste gange skulle sparke hjørnespark.

Han fik dog hurtigt rettet fokus ind igen, og lige i rette tid. Brøndby havde smøget ærmerne op, der var en ond stemning på banen. Hårde frispark og en masse advarsler fik det til at koge endnu mere på tribunerne.

I pausen forsøgte træneren at få alle til at spille med hjernen, men der gik kun to minutter af anden halvleg, før det gik helt galt. En Brøndbyspiller fik en tilfældig bold med ind i feltet, og FCK stopperen gik alt for hårdt til ham. Klart straffespark, og tilskuerne fik endnu mere at skændes om. En sikker scoring, og kampen var helt lige.

Rasmus gav op. Spillet ville aldrig komme til at flyde, når sindene var sådan i kog. Så måtte de kæmpe. Han kastede sig ind i alle dueller, og pludselig fik han også en tilfældig bold med sig. En lille stikning, og angriberen var helt fri. Han bragede til bolden, og den smadrede ind under overlæggeren. Det var et kæmpe held, og skulle han lave den afslutning ti gange mere, ville han ikke score igen. Alle mål tæller, og dette blev afgørende.

Heldigvis fik politi og kontrollører i fællesskab skabt ro på tribunerne, så festen kunne få en god afslutning. Kampen var uskøn, men en pokal mere var i hus, og ingen kunne sige, at det var ufortjent.

Rasmus glædede sig til præmieoverrækkelsen. Mest fordi han kunne se Ayoe stå og klappe. Det havde været hårdt, men han følte, at han havde bidraget til sejren.

Inden anføreren skulle hente pokalen, skulle pokalfighteren kåres. De stod alle og hoppede, og Rasmus tænkte slet ikke.

Da speakeren kaldte hans navn, forstod han først ikke, hvad der skete. Så gik det op for ham, at det var ham, der var dagens fighter. Det var da utroligt. Meget var han, men fighter havde ingen kaldt ham før.

Han smilede over hele kroppen, og løftede til stor jubel sin personlige pokal, og igen følte han, at det her var det, som det drejede sig om. At lykkes.

Da han steg ned fra podiet, var hans eneste tanke, at dagen i morgen skulle gå lige sådan. At han skulle lykkes. Ayoes fødselsdag var i vente, og alt var klar.

8. kapitel

Træningen havde været ren hygge, og selvom der var mange roser fra alle til Rasmus, kunne han ikke vente til den var ovre. De endeløse timer i skolen var næsten umulige at komme igennem, men igennem kom han. Sommerfuglene i maven var vokset i løbet af dagen, og da han endelig nåede hjem for at skifte tøj, var de på størrelse med velvoksne rovfugle.

Aldrig havde han været så nervøs. Ayoe var blevet sat stævne ved Admiralen lige ved hovedbanen. Bordet var bestilt, og han glædede sig, og var samtidig så tæt på at kaste op, som man kunne være. Selvfølgelig var han der alt for tidligt. Han trippede op og ned af fortovet. Det føltes som timer, men endelig så han hende. Selv på afstand fik hun ham til at miste pusten. De høje hæle under de slanke ben, frakken der var snøret ind om det smalle liv, hendes løsthængende hår, der flagrede stilsikkert i vinden. Knuden i maven bare voksede og voksede.

Middagen var udsøgt, men Rasmus kunne ikke rigtig nyde den. Dertil var han simpelthen for spændt. Han havde en lang tale klar, men da tiden nærmede sig for desserten, kunne han ikke huske et ord. I stedet tog han sin gave frem.

Han havde selv pakket den ind. En lille kasse, som i princippet kunne have været hvad som helst. Han havde gjort sig umage, meget umage. De tynde fingre gik i gang med hans kunstfærdige indpakning, og frem kom først to stykker papir.

- Jeg tænkte, at du måske ville med på ferie til sommer, når alle studenterfesterne er ovre. Barcelona. Bare en uge inden vi skal starte træning?

Ayoe var helt stille, og stirrede på de to billetter. Rasmus var mere end nervøs nu, men han fortsatte, og da han først var kommet i gang, kunne han pludselig huske alle de ord, han ville sige.

- Kig videre. Der er en ting mere. Ayoe. Jeg ved godt, at vi aldrig har været sådan rigtig sammen, men jeg er ligeglad. Jeg vil bare sige til dig, at du er helt igennem fantastisk.

Mens hun ledte efter den anden gave, fortsatte Rasmus:

- Jeg er ikke et sekund i tvivl om, at jeg elsker dig mere end noget andet. Vi er ikke særligt gamle, men det ændrer ikke på noget. Ringen, som du sidder der med nu, betyder ikke, at jeg vil giftes med dig i morgen, men Ayoe. Når du er klar til det, vil jeg gerne dele hele mit liv med dig. På alle måder.

Forlovelsesringen var nøje udvalgt. Bred, i ægte indisk guld, og en række af små hvide diamanter, der snoede sig hele vejen rundt om ringen. Endeløst rundt.

Hun stirrede målløs på gaven. Rasmus mærkede klumpen i halsen, og han kunne se Ayoe havde det på samme måde. Var det for meget? Ja, men han mente hvert et ord. Han var ligeglad med alle andre. Bare hun ville sige noget.

- Åh, Rasmus.

Hendes stemme lød pludselig meget lille.

- Den er så smuk.

Hun satte ringen på fingeren, og det forandrede hånden fuldstændigt. Den så pludseligt meget mere voksen ud. Pludselig rejste hun sig op, og gik over til ham. Hun stillede sig lige foran ham, og hans hoved var lige i højde med hendes bryst. Den store sol, som var amuletten i hendes halskæde, dinglede lige ud for hans øjne.

- Rasmus. Du ved, at jeg ikke er helt som alle andre, og det er du bestemt heller ikke. Det her er den mest fantastiske ting, der nogensinde er sket for mig.

Hun viskede, men Rasmus trak hende ind til sig, og hun lænede sig ind over hans halvlange hår. Helt tæt på hans øre, kunne han høre hendes ord:

- Jeg ville elske at være sammen med dig. Altid. Lige nu vil jeg bære din ring, for jeg elsker også dig.

Rasmus havde mest lyst til at tude, men i stedet rejste han sig op, og kyssede hende. Længe. Faktisk indtil de blev afbrudt af en lidt nævenyttig tjener, der kom med tærten, han havde bestilt til dessert. Det blev ikke mange drikkepenge, som han skulle regne med.

De prikkede begge kun lidt til tærten, og Rasmus vidste godt, hvad der skulle ske nu. Også selvom hun ikke sagde noget. De var nødt til at tage hjem til hende, og tale med hendes forældre. Den opgave skulle hun ikke klare alene, så i stedet for at vente, sagde han det selv, og hendes smil fortalte ham, at han havde gjort det rigtige. Sammen ville de bedre kunne forklare, og også forsikre, at de mente deres kærlighed, og ikke mindst, at de kunne vente, vente så længe det skulle være med at blive gift. Det var slet ikke det vigtige.

De talte ikke meget i bussen mod Brøndby Strand, men hendes hånd forlod på intet tidspunkt hans, og han kunne se, at hendes puls var lige så hurtig som hans. Årene på halsen stod som spændte flitsbuer, og de fortalte ham, at det var klogt at få det her klaret i aften.

Rasmus havde forestillet sig mange scenarier hjemme hos familien Audina, når de bragte dem budskabet. Lige fra voldsom vrede til kærlige omfavnelser. Virkeligheden havnede vel et sted midt imellem.

Moren lugtede lunten med det samme, da hun så ringen, og hendes gode opdragelse til trods, var der flere tårer, der banede sig vej ned over kinderne på hende, inden hun overhovedet havde fået skænket den obligatoriske te.

Rasmus var stolt af Ayoe. Hun forklarede alting, og fik det til at lyde så let og godt, at selv han blev mere overbevist. Mindst et par år ville de vente med at gifte sig. Efter ferien til sommer ville de finde en lejlighed sammen, og så tage alting derfra. Hun skulle stadig læse, og Rasmus stadig spille. Det slog ham snart, at han ikke var den eneste af de to, der havde tænkt over det her længe. Både faren og moren fik givet nogle voldsomme krammere, da de først havde accepteret tingenes tilstand. Rasmus var lettet, både på egne, men mest på Ayoes vegne. Turen til Barcelona ville blive til noget, og selv faren var ikke nervøs længere. Rasmus havde åbenbart bevist, at deres øjesten var i sikre hænder hos ham.

Under hele samtalen havde hendes hånd ikke forladt hans, og under de vanskelige passager, kunne han mærke på trykket, når hun var nervøs. Hendes stemme var dog blid og sikker som altid. Hun var gennemført fantastisk.

Det var ved at blive sent, så de aftalte at klare hans mor dagen efter. Det blev simpelthen for meget på én aften. De skulle mødes hjemme hos ham til middag alligevel, og derfra skulle de til finale i Parken. Rasmus spekulerede på, hvad Jens ville sige til hans nyhed. Det havde været hans hemmelighed helt alene, ingen vidste noget.

Det farvel han fik den aften, sad i ham hele vejen hjem, og selv ikke Ries sure bemærkninger om hans larm, og morens mange spørgsmål om, hvorfor han var så sent hjemme, kunne få smilet til at stivne på hans ansigt.

Han glemte helt sin gymnastik. For første gang i årevis gik han i seng uden at lave de sædvanlige øvelser. Det havde i sandhed været en utrolig dag.

Da Ayoe stod på trappen, var sommerfuglene tilbage igen. Ikke fordi han havde fortrudt, snarere tværtimod, men han kunne mærke en stædig hidsighed bygge sig op. Hvis de to behandlede hende dårligt igen, ville det blive værst for dem. Ayoe så fantastisk ud, og ringen var stadig på fingeren. Hun var ikke bare smuk, hun var guddommelig.

Man kan sige meget om den danske måde at håndtere overraskelser på, men elegant kan man ikke kalde den. Moren signalerede en ligegyldighed, der faktisk sårede Rasmus langt mere, end hvis hun havde stillet spørgsmål. Marie var mere ligefrem, og spurgte direkte, om han stadig ville betale lidt til deres lejlighed, når han flyttede. Rasmus havde aldrig været så pinlig berørt som nu, men da han mærkede Ayoes hånd i sin, vendte roen tilbage. De ville kunne klare alt, men hvad helvede gik der af hans familie?

De tog tidligt af sted mod stadion. Der var mange mennesker i byen, og de to forskellige fangrupper stod på alle gadehjørner og sang. Det kunne faktisk godt blive en god kamp. AJAX havde lige vundet the double i Holland, og Valencia var med i toppen i Spanien. Spanierne var nok favoritter, men Rasmus var ikke i tvivl om, at Jens ville skinne som en stjerne. En rigtig stjerne.

Det var underligt at se en kamp fra tribuen i Parken igen. Nu da Rasmus var vant til at spille dernede, fik det pludseligt en hel anden mening, når der skete noget på banen.

Kampen var meget lige, måske mere end Rasmus havde forventet. Jens havde fået en flot velkomst, særligt når man tænkte på hans exit, sidst han spillede i Parken. Det var Rasmus glad for. Han fortjente det.

Jens løb som en besat. Aldrig havde han knoklet så meget defensivt. De boldsikre spaniere fik langsomt et overtag på midten, men hollændernes kanter var hele tiden farlige, og de fik ganske ofte spillet Jens. Desværre for tit med ryggen til mål. Det irriterede Rasmus, at de ikke spillede ham, når han løb dybt. Det var da så let at se, hvornår den skulle spilles.

Begge hold var meget hurtige i returløbene, så det var svært at komme fri til de helt store chancer. Det var en spændende taktisk kamp, men mange af tilskuerne var ved at blive utålmodige. De ville have action.

Rasmus var imponeret. Det var den bedste udgave af Jens, han havde set nogensinde. Han havde altid vidst, at Jens var en stjerne, og han spillede allerede som en. I anden halvleg fik han endelig chancen for at afslutte efter et indlæg. Et stolpeskud på en svær bold. Rasmus sad med en fornemmelse af, at hvis kampen skulle afgøres, så måtte det komme fra Jens.

Fem minutter før tid svigtede en offside fælde i spaniernes højre side. Jens arbejde på at skaffe sig plads på midten, og han var klar til indlægget. Det blev slået højt mod bagerste stang, og Jens sprang tidligt. Han hang i luften unaturligt længe, og da målmanden blev inde, fik han også headet. Han ramte bolden en lille smule under midten, og den dalede i en blød bue ind i nettet ved den modsatte stolpe.

Stadion gik fuldstændig amok, og Jens spurtede rundt og modtog alles klapsalver. Det var så vildt. Rasmus råbte og skreg som en sindssyg. Han blev helt skræmt over sig selv. Han kiggede undskyldende over mod Ayoe, men hun var lige så meget oppe at køre selv. Der var ikke noget at rafle om længere. Han var 100 % solgt. Hun var simpelthen fantastisk.

Efter kampen ventede de i loungen på Jens. Spillerne skulle spise, og de ville bare lige sige hej og tillykke. Naturligvis ville alle tale med ham, men Rasmus håbede, at de ville nå at fange ham.

Jens kom op ad trapperne iført solbriller og med begge arme ud til siden.

- Her kommer jeg, skreg hele hans attitude.

Han trykkede hånd med alle, og viste med hele sit kropsprog, at de kunne rende ham et vist sted samtidig. Rasmus mærkede en voldsom skuffelse. Det her havde han ikke regnet med.

- Kom Ayoe. Skal vi ikke gå? Jeg tror, at Jens har for travlt i aften.

Faktisk var Rasmus bange for, at Jens ville behandle ham på samme måde, som alle de andre han hilste på, og hvis han gjorde….

Ja, hvad så? Han var en stjerne, og så længe han scorede mål, blev han tolereret, men hvad når han ikke scorede? Tænkte han overhovedet på det? Næppe.
Mens de tog hjemad, spekulerede Rasmus på, hvordan de frivillige skulle nå at gøre Parken klar til dem næste dag. Oprydningen og hele banen, der skulle laves. Hvordan gjorde de det? Han var imponeret.

Ayoes varme kys fik hans tanker tilbage til nutiden.

- Kommer du til kampen i morgen? spurgte han.

- Jeg ved den er ligegyldig, men vi får pokalen, og der er en lille fest bagefter.

Rasmus håbede, at hun kunne komme. Han skulle være 12 dage i Portugal, så han ville gerne have hende i nærheden lige indtil afgang.

- Rasmus. Vil det ikke være bedre, hvis du tager dine ting med hjem til mig efter kampen? Jeg bor meget tættere på lufthavnen. Så kan jeg aflevere dig derude mandag morgen.

- Hvad vil din mor sige til det? Og din far?

Rasmus var overrasket, glædeligt, men også en smule bekymret.

- Det var min mor, der foreslog det, smilede hun.

- Hun er helt vild med dig.

Hendes drillende tone sikrede hende endnu et lidenskabeligt kys, og en date dagen efter. Livet var fantastisk, og skuffelsen over Jens var allerede forsvundet.

- Vi ses i morgen. Jeg elsker dig.

Det lød ikke engang mærkeligt mere i Rasmus´ øre at sige det højt. Det var jo bare sandheden. Han elskede den lille henrivende smukke kvinde, der bar hans ring på sin finger.

9. kapitel

Som altid fik Parken klædt i hvidt og blåt alle hårene på kroppen til at rejse på Rasmus. Selv under opvarmningen var publikum med hele vejen. Der var dækket op til fest, den sidste i denne sæson, og den sidste for Randers i Superligaen i denne omgang. De skulle et smut ned i 1.division.

Nerven i kampen måtte de selv sørge for. Randers ville ikke frem på banen, og det kunne man vel ikke fortænke dem i. Fokus for de fleste spillere var sikkert på festen bagefter, men ikke for Rasmus. Han ville slutte sæsonen med at give tilskuerne, hvad de kom for. En fest.

Langsomt begyndte spillet at flyde og Rasmus og anføreren ved siden af ham centralt på midten piskede holdet til samling. Der skulle leveres én gang til i år, og det var nu.

Anføreren modtog bolden fra stopperne og bandede sig vej gennem Randersmidtbanen, sammen med den hængende angriber. Rasmus tog position lidt bagved, hvis de skulle miste bolden. Herfra ville han kunne nå at presse alle steder på midten. Men de mistede den ikke. De spillede endnu en bande, og den rutinerede anfører, der næsten aldrig scorede mere, var pludselig fri i feltet. Hans engang så sikre inderside, var med et ung igen, og fik jublen til at bryde løs på lægterne.

Rasmus undte hans anfører succesen. En stor sportsmand, og en stor spiller. Dette var hans sidste kamp for holdet. Heldigvis blev han i klubben, og skulle være en af flere assistenter for træneren den kommende sæson. Holdets flotte sæson kunne i høj grad tilskrives hans lederegenskaber. Rasmus vidste det, og havde følt det selv.

Han var et forbillede, et godt forbillede, både på og udenfor banen. En højt sat overlægger, som ville blive savnet på banen lige meget hvad.

Kampen var spil til et mål, og de mange tilskuere havde ikke noget problem med det. 2-0 målet kort inden pausen var derfor ikke overraskende. En angriber blev fældet i feltet, og anføreren fik endnu en chance for at score. Rasmus, der ellers var fast skytte nu på alle standardsituationer, holdt sig i baggrunden, og lod kaptajnen komme til.

Skulle han virkelig score hattrick i hans sidste kamp? Det var da bestemt noget at spille for i de sidste 45 minutter. Der var ro i omklædningsrummet. Ingen panik, bare en kort snak om, hvad anden halvleg skulle bruges til, og så en kort besked fra træneren. De ville skifte anføreren ud. Fem minutter før tid, og så pensionstilværelse.

Først forstod Rasmus ikke dispositionen, men så gik det op for ham. Ja, selvfølgelig. De ville give fansene chancen for at klappe ham fra banen alene. Ikke først efter kampen.

Da øjeblikket kom, rejste alle tilskuerne sig, og klappede taktfast. Rasmus klappede med. Der gik flere minutter med den udskiftning, og dommeren accepterede det. Stillingen var 3-0 og kampen afgjort, så hvorfor ikke? Da anføreren passerede ham på vej ud til bænken, hvor han skulle husere fra nu af, trykkede han Rasmus` hånd.

- Nu er det din tur. De elsker dig, dem deroppe.

Han pegede op på tribunen.

- Elsk dem tilbage, og bevar respekten for dem. Så får du altid deres opbakning.

Han fortsatte ud mod bænken. Rasmus sank en klump. Der var ingen tvivl om, at det var en stor spiller, der stillede støvlerne. Han ville være stolt, hvis han kunne blive som ham.

Taxien ventede ved spillerudgangen. Rasmus havde nydt middagen efter kampen og alle de pæne ord, der var blevet sagt om holdet, anføreren, ja selv hans navn var blevet nævnt flere gange i de mange taler. Klubbens fremtid.

- Godt, at man er bedst under pres, var den eneste kommentar han havde kunnet levere, når de mange glade mennesker havde spurgt ham om planerne for næste sæson.

De andre skulle feste hele natten, men den gode undskyldning med landsholdsturen, så han var nødt til at tage tidligt hjem, var godtaget og accepteret af alle. Lige inden han satte sig ind i taxien, kom hans gamle træner hen til ham.

- Tillykke min dreng. Du fortjener virkelig succesen. Held og lykke dernede. Der er noget særligt over dig, og den dag du selv begynder at tro på det, og finder ud af, hvordan du præcist skal bruge det, da bliver du omdrejningspunktet derinde.

Han pegede over skulderen. På Parken.

Rasmus takkede ham mange gange for hans hjælp, og satte sig ind. Lige rundt omkring lejligheden og hente den allerede pakkede taske, og så af sted til Brøndby Strand. Han kunne næsten ikke vente.

Det var jasmin, der duftede af. Jasmin blomster. Rasmus havde tænkt over det længe, og først nu, da han stod i gangen hos hans nye familie, kunne han sætte ord på det.

De havde set kampen på tv, så de kendte allerede alle historierne. Sulten var han ikke, så der gik ikke længe, før han villigt fulgte med, da Ayoe trak ham ind på hendes værelse. Bag den lukkede dør kunne de endelig kysse hinanden, som de gerne ville. Uden tanke på, hvem der kiggede på dem, og hvad de tænkte.

Hendes seng var ikke bred. Ikke, at Rasmus havde det store imod det, men mens han ventede på hendes tilbagevenden fra badeværelset, prøvede han at finde en stilling, der efterlod plads nok til hende. Det var ikke let.

I næsten gennemsigtig hvid silkepyjamas kom hun stille snigende ind ad døren.

- Prr. Det er koldt, hviskede hun, da hun hoppede ned under dynen.

Rasmus smilede, og mærkede hendes varme krop tæt op af hans. Det kunne ikke være meget, hun frøs. Han mærkede trætheden komme buldrende som et ekspres tog, og lukkede øjnene. Det var så afslappende at ligge der. Ligesom, at komme hjem. Ingen af de sædvanlige mørke tanker, når lyset blev slukket. Bare varmen fra hende, duften af hende, lyden af hendes lette åndedrag.

- Sov godt, Rasmus.

Hendes mund var lige ved hans øre, og det lange kys godnat kunne han sagtens vænne sig til.

Hun satte ham af på parkeringspladsen foran terminal 2. Der var gruppe check-in og hun ville ikke stå der foran alle de andre. Rasmus var bare glad, ja nærmest lykkelig. Han havde sovet tungt, roligt og helt uden drømme og mareridt. Hun var det bedste, der nogensinde var sket for ham, og da han sagde det til hende, så han rødmen men også det lille smil, der bare bekræftede, at de to sammen kunne klare alting.

Det svirrede med rygter i afgangshallen. Træneren ville informere dem, når alle var kommet. De andre spurgte Rasmus, om rygterne talte sandt, men han kunne ærligt sige, at han ikke vidste noget. Jens svarede ikke på hans beskeder.

Da alle var ankommet, fik de chokket. Jens skulle med A-landsholdet til deres testkampe, og var derfor ikke med. Der var efterudtaget en spiller, som ville ankomme dagen efter. Træneren sagde, at det var det, som de arbejdede for, og at det derfor var en god ting. Det var ikke alle, der var enige i den betragtning.

Det var naturligvis samtaleemnet hele morgenen, og langt op ad dagen. Faktisk indtil de stod på træningsbanen om aftenen i 30 graders varme.

De kørte de faste skabeloner, og langsomt vendte humøret tilbage, selvtilliden voksede i takt med, at alle opdagede, at det stadig var 11 mod 11, selvom deres stjerne ikke var på holdkortet. Opgaven ville ikke blive lettere, men den var stadig ikke umulig. De var gode, de kendte hinanden, de var velforberedte og frem for alt, havde de stadig våben, der kunne gøre ondt på hvem som helst.

Rasmus skulle bo sammen med den nye spiller, der var med i stedet for Jens. En større kontrast kunne man ikke finde.

Han hed Anders, og spillede i Esbjerg. Om muligt, sagde han endnu mindre end Rasmus, så Ras måtte selv stå for underholdningen.

Det var ikke overraskende for Rasmus, at han havde fået den nye spiller på sit værelse. Han var anfører nu, og det var hans ansvar at få de nye integreret på holdet. Der var ikke mange dage og træninger til første kamp, så den stakkels jyde måtte finde sig i at blive slæbt rundt og hilse på alle. Snakke og sludre. Der var ingen vej uden om.

Nationalmelodien tonede ud af højtaleren på det halvtomme stadion i Lissabon. En kamp mellem Bulgarien og Danmark var ikke det store tilløbsstykke, kun for agenter og spioner.

Det tog ikke mange minutter for den almindelige tilskuer at opdage, at Danmark var det bedste hold. Pasningerne flød hurtigt og sikkert, og østeuropæerne havde rigeligt at gøre med at forsvare sig.

Temposkiftene blev dikteret af Rasmus, og hele tiden var det lige ved og næsten, at de brød igennem.

Midt i halvlegen fik Danmark tilkendt et frispark i siden, og de bragte de to store stoppere op i feltet. Rasmus sendte bolden perfekt ind i det tomme rum mellem målmand og forsvar, og her dukkede som planlagt og øvet igen og igen på træningsbanen et stort lyst AGF hoved op, og satte bolden sikkert i nettet.

Spillet flød hele kampen, som det skulle, men det var først i det sidste kvarter, at bulgarerne vovede at satse en smule. Det gav lidt plads til danskerne fremme, og da Rasmus fik vendt sig med bolden, var der pludselig masser af rum at spille bolden dybt i. To gange i løbet af det sidste kvarter fik han spillet den indskiftede værelseskammerat i himlen, og score, det kunne han, selvom han dårligt kunne mønstre en lyd, når han satte bolden ind.

3-0. En perfekt start, og en foreløbig førsteplads. Eftersom der kun var én plads ved slutrunden at spille om, skulle de også gerne slutte der.

Der var god stemning ved aftenbordet. Savnet af Jens var næsten forsvundet, og nu talte alle om kampen mod Tjekkiet. De havde tabt 1-0 til Portugal, så de skulle vinde, hvis de ikke ville være ude efter to kampe. Det så Rasmus, som en klar fordel for dem.

Anders var helt ødelagt, og var gået tidligt i seng. Det var hårdt at spille landskamp, selvom det kun havde været en halv time for ham. Men to mål. Han sov sikkert dejligt.

Rasmus var gået ud på gangen. Han ville lige ringe og sige godnat. Det var dejligt at have en at ringe til, dejligt at have Ayoe.

- Hey Rasmus. Tillykke med sejren. Godt gået. Var I gode?

Rasmus nød hendes stemme og fortalte lidt om kampen. Med let hjerte gik han ned mod receptionen på hotellet, og da han nåede ned ad trapperne, var det tid til at sige godnat. Han ville lige have lidt frisk luft og klare tankerne, inden han gik tilbage på værelset.

Udenfor i den varme aftenluft, så han en skikkelse stå og kigge ud over bakkerne, der lå lige bag hotellet. Det var deres træner. Rasmus nærmede sig stille, og tog opstilling ved siden af manden med ansvaret.

- Jamen det gik da meget godt i dag, begyndte han.

- Ja, I spillede godt. Men de to næste modstandere er markant bedre end Bulgarien.

Træneren vendte sig mod sin anfører, og smilede.

- Du gør det godt, min ven. Tak for hjælpen med Anders. Jeg ved godt, at vi ikke fik snakket om det inden, men du kender jo en anførers opgaver.

De talte lidt om de kommende opgaver, og om den skade deres angriber havde fået. Nu måtte Anders vise sit værd. Rasmus nød samtalen, og opmærksomheden, men det var tid til at se dyner, så han gik tilbage mod værelset.

Hans telefon var fyldt med beskeder fra agenter og hilsner hjemmefra. Han ledte efter en bestemt, men Jens havde ikke svaret på hans lykønskning. Det kunne også være lige meget. Han orkede ikke mere. Orkede ikke hans ligegyldighed. Jens skulle ikke have lov at spolere hans humør.

Inden rasmus lukkede øjnene tænkte han, at det alligevel var utroligt, at agenterne ikke forstod, at han ikke havde brug for dem. Høfligt havde han afvist dem alle, og sagt, at han blev hos FCK, og de var altid fair, så han kunne selv klare at tale med dem. Det var hans klub, og det ville det altid være.

10. kapitel

Kampen mod tjekkerne blev en taktisk affære. Et andet ord for kedelig. Der var så mange spilstop, at Rasmus kom til at tænke på den stil, han havde skrevet dagen før. En billedanalyse af et maleri lavet af Michael Kvium. Mørkt og dystert. Nærmest selvmorderisk. Gad vide om ikke nogle af tilskuerne allerede havde fundet rebet frem og udset sig en gren?

En ting lyste dog kampen op for danskerne. Et frispark 5-6 meter fra det tjekkiske felt lige midt for mål. Den tjekkiske målmand var et levende plankeværk, men selvtillid kan koste engang imellem.

Han satte kun to i muren, og gav dermed Rasmus næsten hele målet at afslutte i. En lodret vrist ramt en lille smule på ydersiden fik bolden til at snurre væk fra målmandens hænder og ind i nettet helt ude ved stolpen.

Danskerne skulle bruge det mål, og da Portugal vandt 3-0 over Bulgarien, var stillingen helt lige inden den afgørende kamp. Utroligt og sjældent. Men hvad betød det?

Det blev det helt store samtaleemne under aftensmaden. Alle havde en forventning om, at kampen så skulle afgøres lige meget hvad, men reglerne sagde noget andet.

Simpel lodtrækning i tilfælde af uafgjort. Det gav ingen mening, men reglerne kunne ikke tillade straffesparkskonkurrence eller forlænget spilletid. Simpelthen fordi, de skulle være ens for alle. Lige meget hvor meget begge trænere var imod en lodtrækning, var det dét, der var i vente, hvis de ikke kunne få dysten afgjort i ordinært spil.

Det var en smule ubehageligt at tænke på, men i det mindste havde de afgørelsen på egne fødder, og to dage at træne i før det gik løs.

Rasmus havde dog kun en enkelt træning. Han eksamen i skriftlig engelsk lå lige midt i træningstiden. Det var utroligt, at det kunne lade sig gøre. At tage en eksamen på præcis samme tidspunkt og med samme opgaveformulering som alle andre gymnasieelever i Danmark, og så sidde i 35 graders varme i Portugal og gøre det. Internettet var bestemt en gave.

Opgaven var enkel nok. Det svære var at få formuleret sig korrekt og levende. Grammatikken var ikke svær for Rasmus, men han kæmpede lidt med ordforrådet. Der var næsten tre gange så mange ord på engelsk som på dansk, så han kendte ikke betydningen af dem alle, ikke en gang halvdelen.

Han svedte sig igennem timerne ved computeren, og trods væskemangel var han udmærket tilfreds med resultatet. Det blev ikke de to eksaminer hernede fra, som han kom til at dumpe, hvis han skulle dumpe nogle.

Der var vild opstandelse, da han kom ud fra det rum, der skulle udgøre det for eksamenslokale på hotellet. Der var sket et uheld i træningen. Anders, hans værelseskammerat, var stødt sammen med Kahn, da de trænede standarder. Lige nu var han på skadestuen. Der var noget galt med hans arm, og hans hoved. Doc var taget med, men alle talte om mulige ændringer i opstillingen.

Rasmus fik lidt dårlig samvittighed, da hans første tanke ikke galt Anders, men Kahn. Godt det ikke var ham, der var blevet kørt på skadestuen med en død arm og en mulig hjernerystelse.

Vejen til succes var brolagt med faldne krigere, så der var jo ikke noget at gøre ved det, andet end at gemme lidt aftensmad til de to udeblevne.

Dagen før den afgørende kamp sov Rasmus rigtig dårligt. Han havde drømt om faren, om Jens og om Pia. De var alle med i den samme drøm, og pludselig var de væk. Helt alene sad han i en skov, og ud af tågen dukkede en skikkelse frem. Selv i det dårlige lys, og disen, kunne Rasmus alene på omridset kende Ayoe. Hun svævede over skovbunden lige hen mod ham. Hun stoppede ikke før, at hun var så tæt på, at han kunne nå hende. Da han tog hendes hånd, kunne han pludselig svæve også.

Da han vågnede fra den drøm, var han helt sikker. De ville få vinger i dag. De ville vinde. Intet ville kunne slå dem ud.

Kampen var kun få minutter gammel, da alle danskerne opdagede præcis, hvor svært det ville blive at gå videre. Den første gang portugiserne forsøgte at bryde igennem, viste de en utrolig hurtighed i kombinationerne. De kom igennem til et indlæg, men den portugisiske spiller lod sig falde i feltet. Til alles store overraskelse lød dommerens fløjte, og ikke for film. Straffe.

Det fik den danske bænk helt op i det røde felt med det samme, men lige meget hjalp det. Rasmus forsøgte at dæmpe alle spillerne inde på banen, men det var svært, når der var så meget postyr på bænken.

Selvom Kahn var god på straffespark, var der ikke noget at gøre denne gang. De var bagud.

Portugal var så stærke, at de ikke havde brug for hjælp, men de fik den alligevel. To gange blev der vinket, da Rasmus fik sendt deres kanter af sted i dybden, og store offsider var der bestemt ikke tale om. Helt galt gik det, da Kahn skulle lege sweeper, og klart nåede bolden først uden for feltet. Alligevel lød fløjten. Frispark til Portugal, og gult kort til Kahn. Rasmus sprintede hen mod Kahn, da han kendte hans temperament, men for sent. Målmanden havde allerede været så truende i sin adfærd, at dommeren benyttede lejligheden til at give ham endnu en advarsel.

Det tog nogle minutter før reservemålmanden var klar, og Rasmus konstaterede for sig selv, at han nok skulle have taget et par minutter mere. Den halvdårlige afslutning på frisparket gik lige gennem hans hænder, og det så for alvor sort ud.

Bagud 2-0 ved pausen fornemmede Rasmus, at han var nødt til at gøre noget. Da træneren var færdig med sin gennemgang af de taktiske ændringer som udvisningen havde betydet, tog Rasmus ordet.

Han gav ordre til stort set alle, og munden stod ikke stille på ham. Nu skulle de altså i gang. Man kan ikke give op. Aldrig give op.

Han investerede alle sine kræfter i at få overtaget på midten. Portugiserne var en smule overraskede over den hidsighed, de blev angrebet med. Rasmus vandt bolden midt på den portugisiske halvdel, og spillede med det samme bolden ud på kanten. Kantspilleren driblede ind i banen og truede stopperen. Rasmus sprintede fremad, og fik en perfekt aflevering lige midt mellem fire portugisere. I fuld sprint sparkede han alt, hvad han kunne, og bolden sejlede ind i sidenettet. 2-1. De var med igen.

Der manglede kun 10 minutter, men kampen var mere lige. Rasmus kunne næsten ikke løbe mere. Hele tiden forsøgte han at dirigere de andre, og endelig lykkedes et af deres gennembrud på kanten. Bolden blev spillet ind i feltet, hvor en portugiser gik fejl af den. Den danske kantspiller fik afsluttet, og bolden passerede målmanden. En forsvarspiller kastede sig dog ind mod målet og fik vippet bolden til hjørne, med hånden.

De danske spillere var rystede over, at der ikke blev fløjtet. Det var simpelt tyveri. Selv Rasmus var ved at tabe hovedet, men i stedet for at diskutere videre med dommeren, skyndte han sig ud til hjørnesparket. Han rakte en arm i vejret. Det betød, at han ville lægge bolden helt tæt ind under mål.

Han sparkede hårdt, skruet og meget tæt på første stolpe. Der var helt proppet af mennesker ved stolpen, men ingen ramte den, og pludselig lå den inde i nettet. Det utrolige var sket. De havde fået udlignet.

Tiden gik, og dommeren kunne fløjte af, uden at noget var blevet afgjort. Rasmus lå på græsset. Han havde ikke flere kræfter. Udmattet og med høj puls fik han kæmpet sig på benene.

Lodtrækningen skulle foregå på hotellet.

Der var stille i omklædningsrummet. Selvom de var stolte over deres comeback i kampen, var den lodtrækning næsten ikke til at bære.

En bowle stod på bordet. De to landes navne blev skrevet på to stykker papir og lagt ind i hver sin kugle. Den delegerede fra UEFA stod klar, og rodede rundt i bowlen i en evighed.

Rasmus vidste det allerede inden navnet på vinderlandet blev råbt op. Selvfølgelig. Portugal. De skulle til slutrunden, og Danmark skulle hjem.

Tomheden gjorde næsten ondt. Der var ingen følelser tilbage. Nogle af holdkammeraterne græd, andre stod bare som han selv. Helt tomme og uforstående. Det var umenneskeligt, det her.

Langsomt fik Rasmus samlet sig nok til, som en søvngænger, at takke for kampen hos alle, og få trykket alle holdkammeraterne i hånden.

Det var slut.

I sengen under lagnet begyndte Rasmus langsomt at få følelsen tilbage i kroppen. Aldrig havde han prøvet en sådan skuffelse, men bag den begyndte blodet at flyde igen.

Han skulle hjem. Hjem til eksaminer, hjem til sommerferie og studenterfester. Hjem til et nyt liv sammen med Ayoe. Billedet af hende blev på nethinden og fik beroliget ham så meget, at han kunne lukke øjnene.

11. kapitel

Rasmus sad i den nye lædersofa med avisen. Som altid bladrede han direkte om til sporten.

Stor sag om matchfixing og ulovligt spil på vej i Holland.

Overskriften lyste ham i øjnene. Han kunne ikke lade være med at tænke på sin gamle ven, Jens.

AJAX og det hollandske fodboldforbund undersøger flere af klubbens nuværende og tidligere spillere i en sag om ulovligt spil og matchfixing. Der er endnu ingen navne frigivet, men pålidelige kilder oplyser, at der er flere udenlandske stjerner imellem.

Rasmus gad ikke læse videre. Han blev bare i dårligt humør. De havde ikke talt eller skrevet sammen længe, og ærlig talt, så følte han ikke, at han kendte Jens længere. Det var en anden tid, men han havde en klar fornemmelse af, at Jens havde noget med sagen at gøre.

- Smukke. Du er i avisen igen.

Han råbte til Ayoe, der stod i køkkenet og lavede morgenmad.

- Skal jeg læse lidt højt?

Hun svarede bekræftende, og begyndte at klirre med kopper og glas.

- Afbud til WM. Kvindelandsholdet har modtaget et tidligt afbud til sommerens WM slutrunde på New Zealand.

Topscoren i kvalifikationen, 23 årige Ayoe Audina Mørk, har allerede nu valgt at droppe slutrunden. Hun blev i sommers gift med landsholdets og FCK´s midtbanestyrmand Rasmus Mørk. Landstræneren udtaler, at det naturligvis er et kæmpe tab for holdet, men at han kun kan ønske de to unge mennesker tillykke med omstændighederne for afbuddet.

Rasmus stoppede med at læse, da han så sin hustru i døren ind til stuen. Med bakken i hænderne og hendes glødende smil, kunne han allerede ane bulen på hendes mave.

Han havde taget fejl dengang. Dengang han troede, at fodbold var vigtigere end alt andet. Der var én ting, der var vigtigere.

Han rejste sig og tog bakken. Satte den forsigtigt på sofabordet, og greb om Ayoe.

- Der ligger fremtiden. Vores fremtid. Vores familie, hviskede han, mens han lod sine hænder hvile på bulen på hendes mave.